로크미디어가
유혹하는
재미있는 세상

ROK
MEDIA
로크미디어

하북평가
검술천재

하북팽가 검술천재 12

2023년 2월 17일 초판 1쇄 인쇄
2023년 2월 22일 초판 1쇄 발행

지은이 이도훈
발행인 강준규

기획 이기헌 왕소현 박경무 강민구 조익현
책임편집 주현진
마케팅지원 이원선

발행처 (주)로크미디어
출판등록 2003년 3월 24일
주소 서울시 마포구 마포대로 45 일진빌딩 6층
Tel (02)3273-5135 Fax (02)3273-5134
홈페이지 rokmedia.com E-mail rokmedia@empas.com

ⓒ 이도훈, 2022

값 9,000원

ISBN 979-11-408-0562-4 (12권)
ISBN 979-11-354-7650-1 04810 (세트)

이도훈 신무협 장편소설

하북팽가
검술천재

⑫

차
례

독사의 독니는 물린 뒤에야 알 수 있다 (1)　　　　7

독사의 독니는 물린 뒤에야 알 수 있다 (2)　　　45

누구를 위한 덫인가?　　　　109

영웅은 태어나는 것이 아니라 만들어지는 법　161

오호단문도의 비밀　　　237

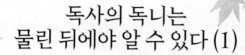

독사의 독니는
물린 뒤에야 알 수 있다 (1)

악소천이 고개를 끄덕였다.

"맞네, 하북팽가의 막내 공자네."

그때 팽혁빈이 다급하게 끼어들었다.

"이 전서를 보낸 사람이 우리 한빈이라고요?"

"맞네. 여기 써 있지 않나? '팽한빈'이라고 말이네."

악소천은 다시 전서의 한 곳을 가리켰다.

그곳에는 분명히 '하북팽가의 팽한빈'이라고 적혀 있었다.

팽혁빈은 고개를 갸웃하며 다시 물었다.

"악 공자 아니, 가주님의 아드님과 우리 한빈이가 무슨 관계가 있습니까? 그리고 그렇다면 우리 한빈이가 악 공자를 찾았다는 게 아닙니까?"

"외부에 밝히지는 않았지만, 처음에 집을 나갔을 때 하북 팽가의 막내 공자를 만난다고 나갔었다네."

"아, 그랬습니까?"

"뭐, 그때는 허락받고 갔지만 이렇게 가출할 줄은 몰랐네."

"흠, 그러니까 우리 한빈이가 지금 악 공자를 데리고 있다는 겁니까?"

팽혁빈이 눈을 가늘게 떴다. 도저히 이해가 안 되어서였다.

악소천은 사람 좋은 얼굴로 전서에 적힌 내용을 가리켰다.

"여기 보게. 데리고 있다고도 적혀 있고 무가지회로 향하는 하북팽가의 행렬로 가라고 되어 있지 않나?"

악소천의 말대로 전서에는 그렇게 적혀 있었다.

팽혁빈이 침음을 흘렸다.

"음."

"중간에 보면 찾아 준 대가는 대공자 팽혁빈과 상의하라고 되어 있던데. 그게 자네 맞나?"

"네, 맞습니다."

"그럼 나와 얘기 좀 나눠 보세."

"그런데 수상하지 않습니까? 무슨 천리안도 아니고 악 공자를 찾은 것도 모자라, 우리가 어디 있는지 어떻게 알고 보낸다는 겁니까? 우리 한빈이가 좀 똑똑하기는 하지만 천리안을 가지고 있지는 않습니다."

"내가 보기에는 천리안을 가지고 있는 것 같네만은, 아니 던가?"

"그거 조금……."

팽혁빈은 말끝을 흐렸다.

팽혁빈은 일단 다음 의문점을 말하기로 했다.

"중요한 점을 하나 더 말씀드리겠습니다. 이건 글씨가 너무 작아서 한빈이의 서체인지 잘 모르겠습니다."

"진위의 여부를 확실히 하고 싶다는 것인가?"

"네, 그렇습니다."

"흠, 자네가 그리 말한다면……."

악소천은 말끝을 흐렸다.

그때 옆에서 웃음소리가 들려왔다.

"껄껄, 그건 내가 보장하지."

고개를 돌려 보니 그곳에는 홍칠개가 웃고 있었다.

팽혁빈은 재빨리 물었다.

"그게 무슨 말씀입니까? 어르신."

"그 전서는 개방이 전달한 것이니 내가 모를 리 있나?"

"어르신, 그게 사실입니까?"

"그 전서는 개방의 산동 분타에서 보냈네. 그리고 악 가주, 자네가 어떻게 하북팽가의 행렬을 찾을 수 있다고 생각하나?"

"그러고 보니 중간중간에 하북팽가 행렬에 대한 소문을 들고……."

"그 정보가 어디서 나왔겠나?"

"헉, 그렇다면 어르신이 저를 여기로……. 그럼 어르신은 이 모든 일을 알고 계셨던 겁니까? 그럼 우리 비광이는 지금 어디에 있는 겁니까?"

"흠, 그건 비밀이네."

"비밀이라고 하셨습니까?"

"뭐, 내 제자가 이렇게 말하라고 하더군."

순간 여기저기서 웃음이 터졌다.

"푸웁."

"하하."

"저도 모르게 흥분했군요. 뭔가 당한 것 같습니다."

악소천도 어색하게 웃었다.

홍칠개는 모두가 웃자 흐뭇한 모습으로 말을 이었다.

"일단은 내 말에 따라 주게. 그렇다면 자네 아들을 찾는 데는 문제가 없을 거야."

"네. 알겠습니다, 어르신."

악소천이 깍듯이 고개를 숙이자, 홍칠개가 말을 이었다.

"이해해 주니 고맙네."

"그런데 그 소문이 사실이었습니까?"

"무슨 소문 말인가?"

홍칠개가 고개를 갸웃하자, 악소천이 답했다.

"지금까지 말한 하북팽가의 막내 공자에 대한 소문 말입니다."

"소문이라고?"

"하북팽가가 길러 낸 숨겨진 힘이라는 소문을 들었습니다, 홍칠개 어르신."

"험."

홍칠개는 답을 회피하려는 듯 헛기침하며 수염을 쓸어내렸다.

홍칠개가 보기에 한빈은 숨겨진 힘이라고 하기보다는 최고의 힘이라 불러야 했다.

하지만 제자를 너무 추켜세우면 팔불출이 될 것 같아서 참았다.

그의 말에 팽대위가 끼어들었다.

"무슨 그런 헛소문이……."

팽대위는 소문이 황당했다.

최근에 본 한빈의 실력이면 숨겨진 힘이라 할 수 있었다. 하지만 그게 소문이 날 정도의 힘은 아니었다.

거기에 더해, 한빈은 애초에 힘을 숨긴 적이 없었다.

팽대위의 말이 끝나기도 전에 팽혁빈도 고개를 흔들었다.

"숨겨진 힘이라……. 제계는 그저 착한 아우입니다. 다만, 항상 걱정입니다."

"걱정이라니, 그게 무슨 말인가?"

악소천이 고개를 갸웃하며 묻자 팽혁빈이 말을 이었다.

"밖에서 뭘 하고 돌아다니는지를 통 알 수 없어서 말입니다. 제 마음이 악 가주님의 마음과 똑같습니다."

"아, 그것도 그렇겠군."

악소천은 고개를 끄덕였다. 그의 가장 큰 걱정은 아들이 어디 있는지를 모른다는 것이었다.

팽혁빈의 마음과 똑같았다.

그때 황보만청도 끼어들었다.

"암, 그건 그렇지. 나도 그 녀석을 찾아왔지만, 잠깐 마주친 후 코빼기도 안 내밀더라고. 고얀 놈."

황보만청은 조금 과장스러운 표정까지 지어 보였다.

경쟁자를 줄여야 한다는 생각 때문이었다.

한빈이 빛이 나면 날수록, 그에게 눈독을 들이는 사람이 많아질 것이다.

그들의 말에 악소천이 고개를 갸웃했다.

"저는 그냥 해 본 말인데, 황보 가주님의 표정을 보니 소문이 사실인 듯싶습니다. 하하."

"악 가주는 생긴 것보다 날카롭군. 역시 강북 오대세가의 가주다워."

황보만청이 농담처럼 받아 대화를 마무리하려고 할 때, 대화를 듣고 있던 팽대위가 끼어들었다.

"하하. 사실이든 아니든 뭐, 그게 중요합니까? 악 가주님은 악 공자를 찾고 저희도 우리 막내를 찾는 것이 중요한 것이지요. 그놈들이 그동안 얼마나 자랐을지 궁금합니다."

"하북팽가의 막내 공자도 안 본 지 그리 오래되었는가?"

"아닙니다. 한 달도 안 됐습니다."

"그런데 얼마나 자랐는지 궁금하다니? 그게 무슨 말인가?"

"한창 자랄 나이인지, 요즘 들어서 하루가 다르게 몰라보 겠더라고요."

팽대위가 씩 미소를 지었다. 팽대위는 진심이었다.

볼 때마다 성장하는 한빈이 신기했다.

마치 갓 태어난 어린아이를 보는 느낌이었다.

팽대위의 표정을 본 사람들이 웃음을 터뜨렸다.

"하하."

"자네 표정을 보니 꼭 하북팽가의 막내 공자가 갓 태어난 아이라도 되는 것 같군. 나도 얼른 보고 싶네. 하하."

악소천도 따라 웃었다.

이곳에 오는 동안 웃을 일이 없었는데, 배에 오르고 나서 두 번이나 웃은 그였다.

상대에게 맞춰 주기 위한 웃음이 아니라, 진심으로 웃을 수 있어 기뻤다.

한참을 웃던 악소천은 뭔가 생각난 듯 품 안을 뒤지기 시작했다.

아무래도 전서에 쓰여 있는 대로 보답할 물건을 찾는 느낌이었다.

그때 팽혁빈이 손을 내저었다.

"상의하라고 되어 있지 구체적으로 적힌 내용은 없었으니 나중에 얘기하시죠. 일단 이 전서의 내용이 사실이었으면 좋겠습니다."

팽혁빈은 정중히 포권했다.

팽혁빈은 지금 한빈이 보내온 전서의 의미를 알고 있었다.

이것은 악소천에게 보낸 전서이면서 동시에 팽혁빈에게 보낸 전서였다.

속뜻은 몰라도 팽혁빈에게 이 상황을 잘 이용하라는 신호를 보낸 것이다.

팽혁빈은 전서를 다시 한번 바라봤다.

산동악가의 악비광을 데리고 있다니!

악비광은 만만치 않은 인물이었다.

가주인 악소천도 포기한 산동제일의 골칫덩이인데, 한빈이 잘 묶어 둘 수 있을지가 걱정이었다.

거기에 더해 막내 한빈은 대체 무엇을 하고 다닌다는 말인가?

사천당가와 같이 떠났다더니 이번에는 악비광을 데리고 있다니?

팽혁빈은 도저히 이해가 안 되었다.

그는 점소이가 말한 거지가 악비광이라는 것은 상상도 하지 못했다.

물론 사천당가와 악비광 그리고 한빈이 모두 같이 모여 있다는 것도 상상하지 못했다.

뭐, 나머지 사람들도 의문을 품기는 마찬가지였다. 가장 애가 닳는 사람은 역시 악소천이었다.

악소천은 아들은 그냥 풀어놓고 길렀다.

그가 아들에게 가르쳐 준 것이라면 강호에서 살아남는 법뿐이었다.

그 방법 중 하나가 미친놈과는 절대 적이 되지 말고 친구가 되란 것이었다.

얼마 전 절호곡의 늑대 토벌이 끝난 후, 악비광은 악소천에게 달려와 흥분한 표정으로 보고한 적이 있었다.

그것은 절호곡의 늑대에 관한 것이 아니었다.

악비광은 진짜 미친 작자를 봤다며 흥분했었다.

자신의 창에 어깨가 뚫렸는데 관통된 채 그대로 밀고 들어와 자신을 공격했다며 흥분했다.

세상에 그렇게 싸움에 미친 자는 처음 봤다는 것이 그 골자였다.

물론 그게 지금 하북팽가의 비밀 병기라고 암암리에 소문이 퍼진 막내 공자였다.

악비광은 그 후 막내 공자를 본다며 허락을 받고 나가서 아직도 돌아오지 않았다.

아무리 풀어놓고 키운다지만, 이건 좀 정도에서 벗어난 일이었다.

악소천은 악비광의 일탈을 가출로 규정하고 여기저기 도움을 받아 추적 중이었다.

여차하면 무가지회에도 불참하려 했다.

악소천은 조용히 사천 쪽을 바라봤다.

사천으로 가는 길에 아들, 악비광이 있을 거라 생각했기 때문이다.

❧

같은 시각, 악비광은 마차의 창밖으로 얼굴을 내민 한빈에게 달려가다 고개를 갸웃하고 멈췄다.

그 모습에 한빈이 물었다.

"비광아, 왜 그래? 눈에 벌레라도 들어간…….”

"그게 아니라 이상하게 오한이 느껴져서요. 아무래도 전에 그 독분이 해독이 덜 된 것 같은데…….”

악비광은 말끝을 흐리며 뒤를 힐끔 돌아봤다.

그곳에서는 사천당가의 당기명이 다급하게 고개를 돌리고 있었다.

오늘 아침에야 일주일 전 독분 사건의 전말이 밝혀졌다.

그런데 묘하게 사천당가의 실수로 결론이 났다.

그것도 당기명과 당독대가 인정하여 나온 결론이었다.

소대섭과 조호 그리고 장삼에게 독분을 시험한 것은 사천당가의 당독대가 맞지만, 그의 품속에 있던 삼 단계짜리 독분을 훔친 것은 한빈이었다.

물론 한빈이 바닥에 떨어진 것을 주웠다고 하는 바람에, 독분 사건의 모든 원인은 사천당가의 차지가 되었다.

사천당가 하급 무사 중 하나가 삼 단계 독분의 잔여물을 먹고 헐떡거리던 것을 한빈이 구해 준 후로, 한빈이 거짓을 말할 리 없다고 생각했기 때문에 내려진 결론이었다.

당기명과 그 수하들은 한빈을 사천당가의 희망이요, 등불로 바라보고 있었다.

이와는 반대로 사천당가를 바라보는 나머지 이들의 눈빛은 그리 곱지 않았다.

역시 사천당가라는 입장이었다.

사천당가는 자신의 힘을 자랑할 때면 죽지 않을 정도의 독을 쓰곤 했다.

이번에도 갑자기 합류한 산동악가와 개방을 견제하기 위해 독분을 풀어놨다는 것이 악비광의 생각이었다.

물론 이것은 악비광의 착각.

악비광의 눈빛을 본 한빈이 말했다.

"비광아, 눈빛 살벌하다."

"아, 형님. 정말 억울합니다. 며칠 동안 머리가 빙빙 도는

데, 미치는 줄 알았습니다."

"그게 수련이야. 또한 인생이기도 하고."

"저는 이런 수련은 싫습니다. 그리고 사천당가에서 저와 광개에게 고의로 독을 풀었다는 느낌을 지울 수 없습니다."

"고의는 아니지. 그때 양념 통 빼앗아 간 게 누구야?"

"흠."

악비광이 헛기침으로 답을 대신하자, 한빈은 어딘가를 가리키며 말을 이었다.

"광개잖아. 그 덕분에 장오하고 현개가 제일 피를 많이 봤고."

한빈은 며칠 전 오호단문도를 가지고 떠난 광개 일행이 사라진 곳을 가리켰다.

뭐, 한빈이 한 말은 사실이었다.

원경의 무리보다 장오와 현개라는 아이가 가장 약했기에 피해도 그만큼 컸다.

뭐, 원경의 무리도 강호의 쓴맛을 톡톡히 봤고 말이다.

한빈은 힐끔 원경을 바라봤다.

이번 일로 인해 원경은 촉을 세우고 다닐 것이다.

위험을 감지하는 녀석의 능력이 조금 더 커졌을 것이 분명했다.

한빈과 눈이 마주친 원경이 다급하게 걸어왔다.

"주군, 잠시만요."

"왜 그래? 표정이 다 죽어 간다. 혹시 독분이 아직도 해독되지 않은 거야?"

"몸은 괜찮아졌습니다. 독분 이야기가 아니고 따로 말씀드릴 것이 있어서요."

"그래? 말해 봐."

"어느 쪽으로 가시려고 합니까?"

"큰길을 따라서 가기로 한 걸 너도 들었잖아."

"아무래도 감이 안 좋아서요. 느낌이 싸한 게, 누가 등을 송곳으로 찌르는 느낌입니다."

원경은 마치 소름이 돋는다는 듯 부르르 떨기까지 했다.

한빈은 씩 웃으며 원경의 어깨를 두드렸다.

"우리 원경이가 겁이 많아졌구나."

"……."

원경은 물끄러미 한빈을 바라봤다.

한빈은 그저 웃기만 했다.

원경의 특기인 촉은 겁에서 기인한다.

겁이 원래 많기에 촉이 발달한 것이었다.

그렇게 겁이 많은 놈이 전생에 한빈에게 날아오는 칼을 몸으로 막았다.

왜 그랬는지는 한빈도 이해되지 않았다.

한빈은 그 일을 잊을 수 없었다.

그 용기에 대한 상은 이번 임무가 끝나는 대로 줄 예정이었다.

그때 옆에서 지켜보던 악비광이 웃는다.

"원경아, 칠음현은 황제가 계신 북경보다 안전한 곳이다. 뭐, 쉽게 말하면 소림사보다 더 안전하다고 보면 되지. 그런데 저길 피해 가자고?"

"아, 그게 조금……."

원경은 말끝을 흐렸다. 녀석의 감은 논리적으로 설명할 수 없었다.

그때 뒤쪽에 있던 당기명도 슬그머니 다가왔다.

"그건 악 공자님 말씀이 맞습니다. 돌아가는 것보다는 칠음현에서 하루 정도 머물고 말들의 기력을 회복시키는 것이 좋습니다. 개인적인 의견을 말씀드리면 칠음현에서는 저희 사천당가도 독을 쓰는 것을 금지하고 있습니다."

당기명의 말은 사실이었다.

칠음현은 원래 고관대작과 황실의 명숙들이 많이 방문하는 관계로, 무력을 잘못 썼다가는 패가망신하는 수가 있기 때문이었다.

"그럼 원래 계획대로 가도록 하죠."

한빈은 칠음현이 있는 큰길을 가리켰다.

모두가 흩어지자 한빈은 고개를 돌려 곧게 뻗은 길을 바라봤다.

칠현로로 불리는 이 길은 하남과 호북을 잇는 길이었다.

하남에 하남정가와 소림사가 있다면, 호북에는 제갈세가와 무당파가 자리를 잡고 있었다.

하지만 이 길은 강호와는 조금 거리가 멀었다.

길을 정비한 것은 마을 사람들이었다.

그들은 칠음현이라는 마을의 사람들이었다.

칠음현을 한마디로 정의하면, 모두가 예인인 마을이었다.

술과 여자가 있는 환락가가 아니고, 술과 음악이 있는 예락가였다.

그런 이유로 유생들이 이곳을 많이 찾는다.

소림의 승려나 무당의 도인들도 많이 들르는 곳이 바로 이곳 칠음현이다.

칠음현이라 불리는 이유는 간단했다.

칠음현의 모든 이는 기본적으로 칠현금을 익힌다.

거기에 더해 대부분의 사람이 칠현금 이외에도 각종 악기 연주에 능했다.

일곱 살이 넘으면 천자문 대신 악기를 잡는 것이 칠음현이니, 과연 예인의 마을이라 할 수 있었다.

한빈은 검지로 무릎을 치며 박자를 맞추고 있었다.

아직 멀었지만, 칠음현에서 음악이 흘러나오는 듯했다.

톡. 톡.

한빈이 무릎을 두드리는 이유는 과연 무엇일까?

동작을 멈춘 한빈은 칠음현이 있는 곳을 바라봤다.

한빈이 보기에는 전서구에서 다음 계획을 실시한다는 곳이 바로 칠음현일 가능성이 높았다.

한빈이 무릎을 친 이유는 가상의 전투를 머릿속으로 그리고 있었기 때문이다.

월아를 몇 번이나 놀려야 할지?

아니면 혀로 적을 옭아 넣어야 할지?

한빈은 지금 경우의수를 따지고 있었다.

이틀 후.

한빈 일행은 칠음현에 들어섰다.

드르륵.

마차 소리가 작게 흘러나왔다.

하지만 더 큰 소리가 마차에서 나오는 소음을 덮었다.

칠음현의 명성대로, 마을에 들어서자마자 어디선가 칠현금의 가락과 부드러운 비파 소리가 귀에 흘러들어 왔기 때문이다.

띵띠. 띵띠디디.

찌이잉. 찡.

동시에 이제까지 만년한설이 쌓여 있는 듯 차가웠던 당기명의 표정도 사르르 녹았다.

뒤를 따르는 사천당가의 무사들도 표정을 풀었다.

예인의 마을답게 칠음현의 사람들은 여유가 넘쳤다.

마차에 앉아서 졸던 설화도 눈을 번쩍 떴다. 마차 밖으로 고개를 내밀고 두리번거리던 설화가 다급하게 외쳤다.

"저기 공자님! 저는 여기서 내려서 따라갈게요."

"우리 설화가 어디서 당과의 향기를 맡았나 보네."

"맡은 게 아니라 봤어요. 저기요, 저기 보세요."

설화가 어딘가를 가리켰다.

옆에 있던 청화가 물었다.

"찹쌀떡은 있어요?"

"뭐, 먹거리는 한군데 모여 있곤 하니 저쪽에 있을 거야."

설화가 자신 있게 고개를 끄덕이자 청화가 한빈을 바라봤다.

"공자님, 저도요."

"그래, 둘 다 다녀와. 마차에서 떨어지지 말고."

한빈이 손짓하자 설화가 마차 문을 열고 내렸다.

획. 획.

바람 부는 소리가 두 번이 나고 마차 문이 닫혔다.

탁.

동시에 뒤쪽에서 설화와 청화의 외침이 들렸다.

"다녀올게요!"

"다녀오겠습니다, 공자님!"

그들의 외침에 한빈이 창밖으로 고개를 내밀었다.

"행렬과 떨어지면 알아서 따라와라!"

한빈의 외침에 당기명이 달려왔다.

"팽 공자님, 제가 저 아이들에게 간식거리를 사 줘도 되겠습니까?"

"사 주려면 사 줘도 되겠지만, 너무 무리는 하지 마시죠."

"무리랄 것이 뭐 있겠습니까? 제가 당과와 찹쌀떡도 사지 못할 거로 보이시는지요?"

"그게 아니라 끌려다닐까 봐 그러죠. 뭐, 당 공자가 간다면 야 저도 안심하겠습니다."

"하하, 걱정 놓으시지요. 팽 공자님."

막 걸음을 옮기려는 당기명이 고개를 갸웃했다.

"팽 공자님의 의복이 바뀐 것 같습니다."

"아, 분위기를 바꿔 볼 겸 갈아입었습니다."

"표정을 보니 분위기 때문만은 아닌 것 같습니다."

"하하, 당 공자께는 못 당하겠습니다. 섬서로 가는 이곳 길 목부터는 아군보다 적군이 많을 겁니다. 사천으로 들어가기 전까지는 안심할 수 없다는 이야기죠."

"흠, 그것이 의복과 무슨 상관이 있습니까?"

"정신 놓고 있다가는 상대한테 발가벗겨질 가능성이 크다 는 거죠. 일단 소문이 나기로는 팽가의 사 공자도 아니고 천수장의 장주도 아니고 이름 모를 의원이 함께하고 있다고만 전해졌을 겁니다."

"음, 그건 저도 알고 있습니다."

당기명이 고개를 끄덕이자, 한빈은 진득한 웃음과 함께 말을 이었다.

"그래서 말인데, 이곳부터는 하북팽가의 사 공자도 천수장도도 아닌, 의원 행세를 하려고 합니다."

"의원 행세라니요? 원래 의원이 아니십니까?"

"네, 그러니 공자라고 하지 말고 그냥 이름을 불러 주십시오. 제 이름을 아는 사람은 흔하지 않을 테니까요."

"한빈 의원님이라고요?"

"네, 그렇게 불러 주시면 됩니다."

"흠, 일단 알겠습니다. 팽, 아니 한빈 의원님."

"네, 감사합니다. 당 공자님."

한빈이 짓궂은 표정으로 포권하며 말하자, 당기명이 멋쩍게 웃었다.

"실수하지 않도록 명심하겠습니다."

"그럼 빨리 가 보시지요. 그러시다 아이들 놓치겠습니다."

한빈이 설화와 청화가 가는 방향을 가리켰다.

"네, 알겠습니다."

말을 마친 당기명은 재빨리 설화와 청화를 따라갔다.

한빈이 막 고개를 돌리려는데 당독대도 그 뒤를 따라가고 있었다.

아무래도 당기명을 혼자 보내는 것이 안심이 되지 않는 것 같았다.

한빈이 도착한 것은 칠천객잔이었다.

칠천객잔은 칠음현에서도 열 손가락 안에 드는, 큰 객잔 중 하나였다.

칠천객잔에는 다른 객잔과 다른 점이 있었다.

이 객잔만큼은 악기를 연주하는 악공이나 노래를 부르는 예인들이 없다는 것이다.

다른 객잔과의 차별화를 꾀하고 있는 칠천객잔.

손님들은 줄을 서서 그곳에 들어가곤 했다.

이유는 간단했다.

칠음현의 명물인 칠현금과 비파 소리가 좋아 찾는 손님들도 있었지만, 하남에서 호북으로 가는 최단 거리이기에 할 수 없이 지나가는 상인도 많았다.

칠천객잔은 이런 상인들을 대상으로 하는 것이었다.

한빈이 이 객잔을 고른 것은 칠현금 소리가 싫어서일까?

그것은 아니었다.

이곳은 한빈과 협력 관계에 있는 낭인왕 이세명이 운영하는 객잔 중 하나였다.

천 리의 '천'과 칠음현의 '칠'을 따서 칠천객잔이라는, 다소 촌스러운 이름이 탄생한 것이다.

사천당가의 마차가 도착하자, 객잔의 점주가 뛰쳐나왔다.

사천당가의 깃발을 확인한 객잔의 점주는 재빨리 일행을 살폈다.

곧 점주의 시선이 한빈에게 멈췄다.

점주는 한빈의 앞으로 가더니 살짝 고개를 숙였다.

"국주님께 미리 전달받았습니다. 저는 이곳을 맡고 있는 점주 양수민이라고 합니다. 한빈 의원님이시죠?"

점주도 한빈을 의원이라 불렀다.

한빈은 칠음현에서부터 복장과 이름을 바꾸기로 떠나기 전에 낭인왕 이세명과 홍칠개에게 말해 놓은 상태였다.

다른 이들은 못 찾아도 자신을 도와줄 사람은 한빈의 의도를 정확히 알고 있어야 하기 때문이다.

"네, 맞습니다. 환대 감사합니다, 양 점주님."

"이쪽으로 오시지요. 귀빈을 위해 별채를 준비했습니다."

"감사합니다, 점주님."

한빈이 씩 웃으며 포권하자 점주가 손을 내저었다.

"과분한 예는 제가 부담스럽습니다, 한빈 의원님."

"네, 그럼 편하게 대하도록 하겠습니다. 양 점주."

한빈은 별채에 들어서며 눈을 가늘게 떴다.

별채는 생각보다 넓었다.

정자와 연못 그리고 화원까지 있었다.

돌과 조각상 그리고 모든 조경은 진법을 고려해 설치된 것이 분명했다.

거기에 구석에는 창고까지 있는 것이, 완벽한 요새에 가까웠다.

누군가 공격한다면 별채에서 보름은 버틸 수 있도록 설계된 것 같았다.

뭐, 문제는 저 창고 안에 식량이 얼마나 있느냐는 점이지만 말이다.

가장 중요한 것은, 별채의 경계에 있는 다른 건물에도 손님을 받지 않았다는 것이다.

물론 이것은 한빈의 부탁이었다.

여기서 일이 벌어지더라도 다른 자들이 연관되게 하고 싶지는 않았다.

한빈이 뒤를 돌아보며 나지막한 목소리로 말했다.

"모두 짐을 푼다. 그리고 소 대주."

"네, 주군."

"자네는 사천당가 무사들이 편하게 짐을 풀 수 있게 도와주도록."

"알겠습니다, 주군."

소대섭이 자리에서 일어나 사천당가 쪽으로 가자, 한빈은 장삼을 바라봤다.

"나머지 인원은 장삼이 조호와 함께 방을 배정한다."

"알겠어요, 주군. 저만 믿으세요."

조호가 가슴을 팡팡 치자 장삼이 어이가 없다는 듯 웃었다.

"방 배정 하나 하는 것 가지고 너무 흥분한다, 조호야. 누가 보면 전쟁이라도 나가는 줄 알겠다."

"아, 장삼 아저씨. 주군이 오랜만에 맡긴 임무잖아요. 그런데 흥분이 안 되세요?"

"죄송합니다, 주군. 이놈을 데리고 빨리 일부터 마치겠습니다."

장삼은 활짝 웃으며 조호의 입을 틀어막고 데려갔다.

"읍, 자, 장삼 아저씨!"

조호는 소리를 질렀지만, 장삼의 손아귀에서 벗어나지는 않았다.

그때였다.

누군가 한빈의 곁으로 어슬렁거리며 다가왔다.

"형님, 저는 뭐 합니까?"

"너는 왜 그러고 있어?"

"제게도 임무를 주셔야 하지 않습니까?"

"넌 그냥 아무 데나 골라서 자. 저기 방 보이지? 저길 혼자 쓴다고 해도 남아. 그런데 뭘 걱정이야?"

"아, 너무하십니다. 다 방을 배정해 주셔 놓고 왜 저는 아무 데입니까?"

"그건 비밀이다, 비광아."

"혹시 돈 내면 가르쳐 줍니까?"

"그건 당연하지, 일단 짐 풀고 나와라. 밥 먹을 준비하자."

"아, 그러고 보니 뱃가죽이 등에 붙은 것 같네요."

말을 마친 악비광은 번개처럼 눈앞에서 사라졌다.

한 시진 후.

한빈은 의원 복장을 한 채 객잔에서 나왔다.

한빈의 옆에는 악비광이 휴대용 단창을 등에 메고 거닐고 있었다.

그들이 나온 이유는 간단했다.

시간이 지나도 설화와 청화 그리고 당기명이 들어오지 않았기 때문이다.

뭐, 그들이 다치리라고는 생각하지 않지만, 잘못하면 함정에 빠질 가능성은 있었기에 이렇게 나온 것이었다.

한빈의 아무 망설임 없이 앞으로 걸어갔다.

그 모습에 악비광이 말했다.

"형님, 꼭 어디 있는지 아시는 것 같습니다."

"뭐, 느낌이지."

"그 느낌이 부럽습니다. 누가 보면 사냥개인 줄 착각할 정도입니다."

"뭐, 칭찬으로 알아들을 줄 알았냐? 지금 나보고 개 같다고 한 거지? 비광아."

"헉, 아닙니다."

악비광은 손을 휘휘 저었다.

그때였다.

한빈이 검지를 입술에 갖다 대며 악비광에게 눈짓했다.

조용히 하고 따라오라는 신호였다.

동시에 한빈이 풀잎 밟는 소리만 내며 사라졌다.

한빈이 멈춘 곳은 다른 집과 비교하면 두 배는 넘는 담장이 쭉 늘어선 집이었다.

그 너머에서는 묘한 소리가 들리고 있었다.

팅. 팅.

한빈은 재빨리 담장 위로 뛰어올랐다.

그때 담장 위에서 은빛 물체가 달빛에 반사되었다.

한빈은 재빨리 품속에서 은침을 꺼냈다.

'백발백중.'

슉. 슉. 슉.

한빈이 던진 은침은 은빛 물체에 적중했다.

투두툭.

은빛 물체가 담장 아래로 떨어졌다.

한빈이 낮은 목소리로 말했다.

"담장 위에 철질려가 있다. 조금만 기다려라, 비광아."

"알겠습니다."

악비광이 고개를 끄덕이며 주변을 경계했다.

한빈은 담장 위에 있던 철질려를 적당히 쓸어 냈다.

쓱.

그러고는 악비광에게 손짓했다.

악비광이 담장 위로 날아올라 한빈의 옆에 앉자, 한빈은 어딘가를 가리켰다.

"저쪽이다."

"그럼 저곳으로 가 보셔야 하지 않겠습니까?"

"우리가 갈 필요는 없을 것 같아. 소리를 들어 보니 점점 가까워지고 있어. 준비해라, 비광아."

팅. 팅. 팅.

묘한 소리가 점점 가까워졌다.

이제는 악비광도 들었는지, 등에 멘 단창 두 개를 한 손에 하나씩 들고 눈을 빛냈다.

한빈은 허리에서 좌혈랑검을 뽑았다.

의원 행세를 하고 있기에 단검만을 숨겨서 나온 것이다.

한빈은 왜 병장기 부딪치는 소리가 묻히냐 하는 점이 궁금했다.

한빈은 그 의문을 사람들이 나타난 후에야 풀 수 있었다.

팅. 팅.

검과 검이 달빛 아래 섬광을 만들어 내고 있었다.

그런데 소리가 이상한 것은 바로 한쪽 무리가 연검을 쓰고 있기 때문이었다.

얼핏 보니 연검을 쓰는 무리는 검은 복면을 하고 있었다.

한빈은 눈매를 좁혀 멀리 있는 그들을 관찰했다.

한빈은 섬광과 소리만으로도 그들의 움직임을 파악할 수 있었다.

그러나 한빈은 고개를 갸웃했다. 그들의 검법은 어딘가 묘했다.

묘하다는 근거는 어느 파의 검법에도 속하지 않았기 때문이었다.

그들은 육합검이나 삼재검법 같은, 누구나 알 수 있는 검술을 쓰고 있었다.

팅. 팅.

계속 소리가 울린다.

그 소리는 마치 악기 소리와도 같았다. 한빈은 조용히 고개를 끄덕였다.

그들이 연검을 쓰는 이유를 알 것 같아서였다.

지금도 근처 어딘가에서는 칠현금과 비파 소리가 울리고

있었다.

그런 상황에서 연검과 검이 부딪치자 온전하게 소리가 들리지 않았던 것이다.

연검이란 것이 어떤 병기이던가?

얇고 부드러워 허리띠로 위장해서 가지고 다닐 수도 있는 검이었다.

부드러운 연검의 특성상 소리를 흘려 버리고 있는 것이었다.

다른 장소라면 아무리 연검이라도 소리를 숨기지 못했겠지만, 이곳 칠음현에서는 달랐다.

연검의 생각지도 못한 장점이 빛을 발하고 있었다.

어쩌면 칠음현은 암살하기에 가장 적합한 장소일지도 몰랐다.

그 말은 이곳이 한빈에게는 앞마당과도 같다는 이야기.

몰래 서로의 목에 칼을 겨누는 놀이가 있다고 한다면, 한빈은 누구와의 대결에서도 살아남을 자신이 있었다.

또한 살아남을 자신이 있다는 것은 언젠가 상대의 목을 딸 수 있는 확률도 있다는 뜻이었다.

적이 누군지는 몰라도, 한빈은 깨달음을 얻었다.

물론 시간적인 제약이 없어야 했다.

한빈이 입꼬리를 올리고 있을 때, 결투를 벌이고 있는 자들의 외모가 드러나기 시작했다.

한빈의 예상대로 그들 중에는 설화와 청화가 섞여 있었다.

물론 당기명과 당독대도 있었다.

거기에 더해 처음 보는 인물이 하나 있었다.

복장을 보건대, 무인이 아닌 관리였다.

당기명과 관리가 왜 여기에?

한빈이 상황을 파악하기 위해 그들을 지켜보고 있을 때, 악비광이 한 발 앞으로 움직였다.

다급한 상황을 본 악비광이 뛰어내리려 한 것이었다.

"갑시다, 형님."

"잠깐."

한빈이 악비광의 소매를 잡았다.

탁.

악비광이 황당하다는 듯 한빈을 바라봤다.

"왜 그러십니까?"

"구할 거면 정문으로 들어가야지. 그래야 누가 봐도 천하 십대세가처럼 보이지 않겠어?"

"그게 무슨 상관입니까? 거기에 왜 강북 오대세가가 아니라 천하 십대세가입니까?"

"에이, 강남 땅에 왔으니 강북은 빼고 말해야지. 대신에 천하를 논하는 게 맞지 않겠어?"

말을 마친 한빈은 아무렇지 않게 다시 담장 밖으로 내려갔다.

탁.

악비광은 황당하다는 듯 담장 위에 머물렀다.

하지만 한빈은 아무렇지 않게 휘적휘적 정문으로 걸어갔다.

그러고는 아무렇지 않게 문을 열었다.

끼기긱.

담장도 높지만 이곳의 문도 다른 곳보다 두 배는 컸기에, 문이 열리면서 내는 소음도 제법 컸다.

그 모습을 보던 악비광이 헛숨을 터뜨렸다.

"헉."

악비광이 놀란 것은 소음 때문이 아니었다.

문이 미리 열려 있었다는 것이었다.

악비광은 재빨리 담장에서 내려와 한빈을 따라갔다.

정문으로 들어간 한빈은 문 옆에 세워 놓은 빗자루를 잡았다.

그러고는 유유히 입구부터 쓸기 시작했다.

쓰윽. 쓰윽.

눈에 보이지 않을 정도의 빗자루질.

악비광이 물었다.

"형님, 뭐 하십니까?"

"보면 몰라? 청소하잖아."

"이 상황에 청소를 하신다고요?"

"그럼 저거 다 밟고 지나갈래? 사천당가도 이게 무서워서

이리 못 오잖아. 그런데 저걸 밟겠다고? 저기 딱 봐도 독이
묻어 있는데도?"

한빈이 앞을 가리켰다.

악비광은 한빈이 가리키는 곳을 보며 눈매를 좁혔다.

"아, 저게 대체……."

악비광은 말끝을 흐렸다.

그곳에는 수천 개의 철질려가 바닥에 깔려 있었다.

무서운 것은 철질려들의 크기가 보통 철질려의 십 분의 일
밖에 안 된다는 것이었다.

악비광은 담장 위에서 한빈이 은침으로 철질려를 쳐 내던
것이 기억났다.

'어떻게 저렇게 작은 철질려를 명중시킬 수 있었지?'

그때 담장 위에서 아래로 뛰어내리려고 한 자신이 떠올랐
다.

만약 뛰어내렸다면?

저 철질려에 당했을 것이었다.

거기에 더해 한빈이 말하는 것으로 보면, 철질려에 독이
묻어 있음이 분명했다.

등에 소름이 올라온 악비광은 자신도 모르게 부르르 떨었
다.

악비광의 표정에도 아랑곳하지 않고 한빈은 철질려들을
묵묵히 쓸어 냈다.

쓰윽.

철질려들이 한빈의 빗자루질에 쓸려 나갔다.

한빈이 뒤를 힐끔 보며 말했다.

"뭐 하니, 비광아?"

"형님이 철질려를 쓸어 내는 것을 기다리지 않습니까?"

"그러니까 놀고 있는 것 같잖아. 경계하는 척이라도 해."

그 말에 깜짝 놀란 악비광이 두 개의 단창을 고쳐 잡았다.

단창을 잡고 주변을 경계하던 악비광이 물었다.

"형님, 문은 어떻게 소리도 없이 여신 겁니까?"

"무슨 소리야? 문은 원래 열려 있었는데."

"그럼 왜 담장으로……."

"처음부터 정문으로 뛰어 들어가는 바보가 어디 있어?"

"……."

악비광은 말문이 막혔다.

정문이 열려 있다는 것을 알았다면?

앞뒤 가리지 않고 뛰어들어 갔을 것이었다.

졸지에 바보가 되어 버린 악비광은 자신도 모르게 입을 벌렸다.

그때 한빈이 말했다.

"입 벌리지 마! 독 들어갈 수도 있어."

"혁, 독이요?"

"그래, 독. 철질려를 멋으로 깔아 놨겠어? 그리고 철질려에 독을 묻힌 놈들이 독은 안 풀었겠어?"

"……."

악비광은 답하지 않았다.

입을 손으로 막았기에 답을 할 수가 없었다.

그동안에도 연검과 검이 부딪치는 가냘픈 소리는 계속 들려왔다.

팅. 팅.

당기명 일행이 적과 분전하는 곳과의 거리는 점점 좁혀졌다.

한빈은 더욱더 빨리 빗자루질을 했다.

쓰윽.

연검과 병장기 부딪치는 소리 그리고 빗자루질 소리가 마치 악단이 내는 음악처럼 어우러질 때쯤, 당기명 일행의 지척에 도착했다.

실제로 싸우고 있는 것은 당기명밖에 없었다.

당독대는 누군가를 보호하고 있었으며 설화는 청화를 보호하고 있었다.

적은 열 명 남짓.

한빈은 그제야 빗자루를 놓고 그들을 바라봤다.

그 모습에 악비광이 외쳤다.

"형님! 뭐 하십니까?"

"의원이 어떻게 싸워? 비광아, 어서 저들을 구하거라."

악비광은 한빈을 바라봤다.

그러지 않아도 아까 한빈이 말했던 것이 있었다.

이곳에서부터는 하북팽가의 사 공자가 아닌 의원으로 대하라는 것이었다.

악비광은 두 개의 단창을 휘두르며 당기명에게 다가갔다.

악비광의 단창은 마치 두 개의 붓처럼 밤하늘에 수묵화를 그렸다.

다만 먹이 아닌 핏물이 밤하늘을 수놓았다.

푹.

촤악.

찌르고 베는 것이 마치 검객 같았다.

전세는 이내 역전되었다.

복면을 쓴 괴한들이 점점 밀리기 시작했다.

한빈은 빗자루를 든 채 조용히 그들을 바라봤다.

수상쩍은 구석이 있었기 때문이었다.

일단 그들은 철질려에 독을 묻혔다.

칠음현에서 독을 쓰지 않는 것은 무림과 나라의 공통 관례였다.

만약 이곳에서 독을 쓴다면?

삼대를 멸할 정도의 형벌을 받을 수도 있었다.

그런데 그들은 독을 썼다.

독을 쓴 것을 보면 상대를 죽이겠다는 의지를 갖고 있었다.

하지만 그들의 연검을 보면, 죽이겠다기보다는 한 곳으로 모으는 느낌이다.

순간 전생의 기억이 떠오른 한빈이 외쳤다.

"모두 밖으로 피하라!"

하지만 한빈의 외침은 아무도 듣지 못했다.

그들에게 달려간 악비광마저 정신없이 단창을 휘두르고 있었다.

자신은 싸우는 자들을 볼 수 있는데 그들은 자신을 알아채지 못한다라?

이것은 한 가지 경우밖에 없었다.

한빈은 눈매를 좁히며 주변을 바라봤다.

철질려가 뿌려진 것이 묘한 문양을 그리고 있었다.

한빈은 다시 빗자루질을 하기 시작했다.

쓰윽.

주변을 돌아보던 한빈은 재빨리 용린검법의 초식을 떠올렸다.

'구걸십팔보.'

'전광석화.'

사사ㅡ삭.

쓱쓱.

한빈은 재빨리 철질려로 만든 진법을 파훼하기 시작했다.

사사ㅡ삭.

한빈의 빗자루질이 얼마나 빠른지 빗자루에서는 타는 냄새가 진동했다.

급기야 빗자루에 불이 붙었다.

한빈은 활활 타는 빗자루를 자신과 그들의 중간에 던졌다.

그곳이 바로 생문(生門)이었다.

그리고 지금 던진 빗자루는 그들을 지켜 줄 횃불 역할을 할 것이었다.

활활 타오르는 빗자루를 향해 한빈이 외쳤다.

"어서 다들 불빛을 보고 나오십시오!"

　　　　　　　　　✿

불빛을 가장 먼저 본 것은 악비광이었다.

악비광은 그들을 구하기 위해 뛰어든 후, 황당한 일을 겪었다.

주위의 풍경이 달라진 것이었다.

분명 정체 모를 집 안으로 한빈과 함께 들어왔다.

하지만 당기명을 구하기 위해 뛰어들어 창을 몇 번 휘두르다 보니, 주변의 풍경이 변해 있었다.

집안의 앞마당이 아닌 평원에서 자신이 싸우고 있다는 것을 알게 된 악비광은 까무러칠 정도로 놀랐다.

하지만 악비광은 산동악가의 대공자였다.

어릴 적부터 진법에 대해서는 뼛속 깊이 교육을 받은 악비광이기에, 대략적인 상황은 알 수 있었다.

팅. 팅.

창으로 적의 연검을 쳐 내며 힐끔 다른 이들을 바라봤다.

당기명도 적잖게 당황한 것 같았다.

오히려 설화가 여유를 드러냈다.

하지만 누구도 진법의 파훼법을 찾아내지 못한 것이 확실했다.

복면을 쓴 자들이 원하는 것은 분명 자신과 당기명 그리고 나머지 일행이 사로(死路)로 발을 내디디는 것이었다.

그때 어디선가 불빛이 나타난 것이었다.

악비광이 재빨리 외쳤다.

"저곳으로 모두 대피……!"

악비광의 말이 끝나기도 전에 일행은 재빨리 불빛을 향해 달려갔다.

타다닥 타다닥.

그들은 다급하게 불빛을 향해 뛰어들었다.

불빛을 넘어간 악비광은 눈을 크게 떴다.

풍경이 다시 돌아왔기 때문이다.

즉, 진법에서 벗어난 것이었다.

악비광은 재빨리 한빈에게 달려갔다.

나머지 일행도 한빈을 향해 달려갔다.

한빈의 앞에서 악비광이 말했다.

"진법이……."

"시간 없다! 빨리 여기를 뜬다!"

한빈이 다급하게 외치자 악비광은 눈을 크게 떴다.

한빈이 이렇게 급하게 행동한 적이 있던가?

악비광이 대문 쪽으로 뛰며 외쳤다.

"비상사태입니다! 다들 여기를 빠져나갑시다!"

이렇게 외친 악비광은 주위를 둘러봤다.

자신이 구할 사람이 있나 찾기 위해서였다.

하지만 주변은 휑했다.

다들 이곳을 빠져나가고 자신만 남은 것이었다.

"이런 제길!"

혼잣말을 외친 악비광이 대문을 향해 뛰기 시작했다.

타닥.

그때 한빈의 목소리가 들렸다.

"있는 힘껏 뛰어라, 비광아."

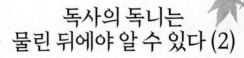

독사의 독니는
물린 뒤에야 알 수 있다 (2)

그 목소리에 악비광은 진기를 용천혈로 모았다.

순간 악비광이 날아올랐다.

슝.

마치 방아깨비가 뛰듯 악비광은 한걸음에 대문을 통과했다.

다급하게 경공술을 펼친 악비광은 속도를 주체 못 하고 바닥에 굴렀다.

팍!

데구르르.

정신을 차린 악비광이 뒤를 바라봤다.

다급한 한빈의 외침과는 다르게, 빠져나온 곳에서는 아무 일도 일어나지 않았다.

"형님, 대체 왜……."

악비광은 말을 맺지 못했다.

바닥에서 이상한 진동을 느꼈기 때문이었다.

부르르.

그때였다.

갑자기 굉음이 울려 퍼졌다.

콰—쾅.

콰르릉.

조금 전 있었던 곳에서 거대한 폭발음과 함께 불꽃이 일어
난 것이다.

모두는 머리를 감싸 쥐고 바닥에 엎드렸다.

한빈은 바닥에 엎드리며 어딘가를 바라봤다.

한빈의 시선이 멈춘 곳에는 당기명이 보호한 인물이 있었
다.

그는 몸을 지키려는 듯 나무 몽둥이를 무기 삼아 들고 있
었다.

주변이 잠잠해지자 사람들이 일어났다.

가장 늦게까지 고개를 파묻고 있었던 것은 한빈이었다.

그를 본 악비광이 한빈의 소매를 잡았다.

"형님, 왜 그러고 계십니까?"

악비광은 그때 한빈의 눈빛을 봤다.

한빈은 악비광이 마음에 안 든다는 듯 눈을 살짝 찡그리고 있었다.

덩치는 커도 눈치는 백단인 악비광은 고개를 끄덕이며 말을 바꿨다.

"그러고 보니 형님은 의원님이셨죠. 모든 위험은 지나갔습니다."

"휴, 다행이구나."

"이제 일어나시죠, 형님."

악비광이 한빈을 부축했다.

그의 부축을 받으며 겨우 일어난 한빈은 떨리는 눈빛으로 주변을 둘러봤다.

물론 한빈의 이런 행동을 이해 못 하는 사람은 아무도 없었다.

한빈은 새로운 인물을 경계하고 있었던 것이다.

이미 칠음현에 오기 전, 한빈은 신분을 감출 것이라 말해 놨다.

상황이 어느 정도 진정되자 당기명은 자신의 옆에 있던 인물을 한빈과 악비광에게 소개했다.

"이분은 제 숙부이십니다."

당기명의 말이 끝나자마자 숙부라는 자가 고개를 숙였다.

"나는 당문호라고 하오. 생명을 구해 준 은혜는 잊지 않겠소."

그는 당황스러운 기색 없이 모두를 살폈다.

포권하지 않고 고개를 살짝 숙이는 그의 행동과 말에서 기품이 느껴졌다.

이 모든 것은 관리가 무림인을 대하는 보편적인 행동이었다.

악비광이 재빨리 포권했다.

"안녕하십니까? 저는 산동악가의 악비광이라고 합니다."

"유명한 산동악가의 악 공자셨군요."

당문호가 고개를 끄덕이자 한빈도 고개를 숙이며 말했다.

"저는 강북에서 내려온 의원 한빈이라고 합니다. 사천당가의 어르신 같으신데, 의복만 보면 관리 같습니다."

"한빈 의원이셨구려. 저는 당문의 사람이긴 하지만 지금은 나라의 녹을 먹고 있는 사람이외다."

"어쩐지 기품이 다르다 했습니다."

한빈이 고개를 살짝 더 숙였다.

그 모습에 당문호가 웃었다.

"하급 관료이니 그렇게 예를 차리실 필요는 없습니다. 거기에 여러분들은 제 생명의 은인입니다."

"생명의 은인이라고요? 그게 무슨 말씀입니까?"

"아, 여기 있는 두 여고수와 우리 기명이가 아니었다면 저들의 공세에 버텨 내지 못했을 겁니다."

"다행이군요. 저는 별로 도와드린 것도……."

"아닙니다. 악 공자와 의원님이 아니었다면 진 안에 갇혀 죽었을 겁니다. 저는 진을 파훼할 수 있는 사람이 있으리라고는 생각지도 못했습니다."

말을 마친 당문호는 손에 들고 있던 몽둥이를 바닥에 팽개 쳤다.

그러고는 사람 좋은 얼굴로 한빈을 바라봤다.

한빈이 말했다.

"우연입니다. 직업이 직업이다 보니, 지저분한 것은 보지 못하는 성미라서 우연히 도움을 드린 것 같습니다. 사실 무림세가를 떠돌아다니는 장돌뱅이 같은 의원이라, 진에 대한 지식도 조금은 있었습니다."

"오호, 그러시구려. 의원님께 다시 한번 감사드리는 바요."

당문호는 한빈에게 정중하게 다시 인사를 건넸다.

그때 당기명이 말했다.

"일단 여기를 벗어나는 것이 먼저가 아닌 듯싶습니다."

"그러자꾸나."

당문호도 고개를 끄덕였다.

대화는 화기애애하게 마무리되었고 그들은 칠천객잔으로 향했다.

그때 악비광이 한빈에게 물었다.

"형님, 사람이 이상합니다. 이 정도의 폭발음이면 다들 뛰어나와야 하는 거 아닙니까? 그런데 왜 이렇게 평온하죠?"

"뭐, 그럴 수도 있지."

"그럴 수 있다니요? 이건 말도 안 됩니다. 경천동지할 정
도의 폭음이 아닙니까?"

"내 생각에는……."

한빈이 막 설명하려고 할 때였다. 당문호가 끼어들었다.

"그건 내가 설명하겠소. 저기를 보시오."

당문호는 지나가는 여인을 가리켰다.

악비광을 비롯한 모두는 지나가는 여인을 바라봤다.

한 여인이 폭발이 일어난 쪽을 보며 고개를 갸웃했다.

"분명히 들렸는데……."

"그러게 말이야. 분명히 불꽃놀이 하는 소리였지?"

"맞아. 분명히 들었는데 나와 보니 조용하네."

"에이, 괜히 나왔네. 이렇게 일찍 끝날 줄 알았으면 그냥
집에 있는 건데 말이야."

"그러게 말이야. 요즘 들어 가끔 이러더라고. 칼춤 추는 소
리 나와서 나와 보면 경극도 바로 끝나 있지를 않나."

그 여인들이 지나가자 당문호가 고개를 끄덕이며 말을 이
었다.

"그렇다는군요."

"아."

악비광은 탄성을 터뜨렸다.

한빈도 마찬가지로 고개를 끄덕였다.

칠음현의 불꽃놀이는 강남의 십대공연에 속했다.

예고 없는 불꽃놀이 때문에, 칠음현의 주점과 다루들은 밤에도 열어 장사를 하고 있었다.

뭐 경극도 여기저기서 공연하니, 가검 부딪치는 소리가 들리는 것도 당연하고 말이다.

즉, 이 정도 폭발음은 공연 중에 나올 수 있는 평범한 소리라는 것이다.

*

한빈과 당기명 일행은 칠천객잔의 일 층에 도착했다.

그들은 허기진 배를 채우며 술잔을 기울이고 있었다.

물론 새로운 인물인 당문호가 대화의 가장 많은 지분을 차지했다.

그는 괴한과 마주친 사정을 설명했다.

"진짜 여러분들이 아니었으면 큰일 날 뻔했소. 내가 여기에 온 것은……."

당문호는 북경에서 밀지를 받고 삼 개월 전 이곳에 내려와서 조용히 조사하고 있었다.

문제는 수상한 무리를 발견한 후 그들의 배후를 조사하다가 일을 당했다는 것.

당기명은 설화와 함께 돌아오는 중간에 당문호를 만나 같이 일에 휩쓸렸고 말이다.

사람들은 연신 안도의 한숨을 쉬며 당문호를 위로했다.

원래 죽을 고비를 넘기면 하나가 되는 법.

당문호는 일행에 녹아들었다.

모두가 안도의 한숨을 쉬며 술잔을 기울이고 있을 때, 한빈은 처소에 먼저 들어가 붓을 놀렸다.

사─삭.

가느다란 붓이 조그만 종이 위에 많은 내용을 적어 나갔다.

탁.

붓을 멈춘 한빈은 종이가 마를 때까지 기다렸다가 조심스럽게 전서 통 안에 넣었다.

그러고는 손가락을 튕겼다.

딱.

동시에 설화가 나타났다.

"공자님, 그렇지 않아도 드릴 말씀이······."

"아니, 그건 돌아와서 듣기로 하고 이걸 먼저 가까운 개방 분타에 전해 줘."

"네, 공자님."

"그리고 답장은 그 자리에서 받아 와야 해."

"네, 알았어요."

대답을 마친 설화가 사라졌다.

설화가 한빈 앞에 나타난 것은 다음 날 아침이었다.

설화는 한빈에게 전서 통을 건넸다.

"여기요, 공자님."

"생각보다 일찍 나왔네."

"준비된 자료라고 하더라고요."

"그래, 고마워."

한빈은 전서 통에서 쪽지를 꺼내 읽어 나가기 시작했다.

쪽지를 읽는 한빈의 표정에는 아무런 변화도 없었다.

마치 그럴 줄 알았다는 듯 고개를 끄덕이고 있었다.

쪽지를 다 읽은 한빈이 설화를 바라봤다.

"왜 그러고 있어? 들어가서 쉬어야지."

"어제 드릴 말씀이 있다고 했잖아요."

"혹시 당과라도……."

"아, 공자님. 지금 심각해요. 당과가 문제가 아니에요. 원래 진작 말씀드려야 했는데 이 일부터 하라고 하셔서……."

설화는 전서 통을 가리켰다.

한빈도 설화의 말이 그제야 기억났다.

설화는 분명히 할 말이 있다고 했었다.

한빈이 고개를 끄덕이며 설화를 바라봤다.

"진짜 심각하구나. 당과보다 더 중요한 일이라면……."

"어제 마주쳤던 자들 말이에요."

"그 괴한들 말이냐?"

"아무래도 살수들 같아요."

"흠."

"살막의 살수가 분명해요."

"근거는?"

"살수가 풍기는 살기를 제가 감지하지 못할 리가 없잖아요. 그리고 연검을 그렇게 자유자재로 쓰는 집단은 살막밖에 없어요. 살막의 살수들이라면 제가 전에 몇 번 마주친 적이 있어요."

"음, 그렇구나."

"왜 안 놀라세요? 꼭 알고 있었던 것처럼요."

"알고 있었으니 안 놀라지."

"그럼 벌써 알고 계셨던 거에요? 어떻게요?"

"그건 비밀이다."

"아, 이번에도 비밀이에요?"

"참, 오늘부터 할 일이 있다. 설화야."

"살막을 조사하라고요?"

"아니, 당문호를 관찰하거라. 무리하지는 말고."

"관찰을 하라고요?"

"그냥 지켜보다가, 이상한 것이 있을 시 말해 주면 된다."

"네. 알았어요, 공자님."

"혹시라도 살막 살수들의 기척이 느껴지면 뒤로 물러나야 한다, 설화야."

한빈의 말에 설화는 고개를 갸웃했다.

"살막의 살수들이 당문호를 노린다면 구해 줘야 하잖아요."

"당문호를 죽이지는 않을 것이라고 내가 장담하지."

"그게 무슨 말이에요?"

"살수가 과연 의뢰인을 죽일까?"

"의뢰인이라니요?"

"내가 보기에 살막을 고용한 건 당문호야."

"당문호라니요?"

설화는 한빈의 말에 당황한 듯 눈을 크게 떴다.

"어제 당문호가 말했었잖아. 밀지를 받고 강남에 내려왔다고."

"네, 그랬었죠."

"여기 적혀 있는 대로라면 정계에서 밀려난 거야. 흔히 좌천됐다고 하지."

"밀지에 적힌 임무를 수행하려고 그렇게 보인 게 아니고요?"

"이건 당문호의 삼 년 치 자료야. 임무 하나 맡기는데 황실에서 삼 년 동안 남을 속일 리는 없지."

"그렇다고 당문호가 살막을 고용했다고 볼 수는 없잖아요."

"어제 당문호가 들고 있던 그 몽둥이 말이야."

"그 몽둥이가 왜요?"

"대나무 안에 쇠심이 박혀 있었어."

"쇠심이요?"

"어제 진법을 파훼하는 방법은 두 가지였어. 하나는 생문에 불을 지피는 것."

"나머지 하나는요?"

"열쇠를 따고 자연스럽게 나오는 것. 내가 보기에 어제 몽둥이 속에 담긴 봉이 열쇠였던 게 분명해. 그가 몽둥이를 떨어뜨릴 때 소리를 유심히 들었거든."

"아."

설화가 탄성을 터뜨렸다.

그러고 보니 당시에는 정신이 없어 그런 사소한 일까지 신경 쓸 겨를이 없었다.

그런데 한빈은 모든 것을 빠트리지 않고 머릿속에 담아 둔 것이었다.

긴 탄성의 끝에 설화가 말했다.

"그럼 저와 당기명 공자를 죽이려 했다는 거예요?"

"그건 아니지."

"그게 아니라면요?"

"아마 목적은 딴 곳에 있었을 거야. 그걸 위해서 당기명을 구하는 연극을 해야 했고."

"이유가 뭘까요?"

"뭐, 차차 알아보면 되겠지."

"그럼 당기명 공자에게 지금 빨리 말해 주는 게 좋지 않겠어요?"

"워, 진정해. 설화야."

"진정하라니요? 그게 무슨 말씀이에요?"

"증거가 없잖아. 그리고 제일 중요한 것은 무엇을 위해 이 연극을 하는 건지가 중요하다는 거지."

"……."

"사천에서 벌어져야 할 일이 여기에서 일어날 수도 있으니 조심해야 한다, 설화야."

"알겠어요, 공자님."

설화는 조용히 고개를 끄덕였다.

그때 한빈이 탁자를 가리키며 말을 이었다.

"탁자에 있는 건 내 선물이야."

"선물이요?"

"당과와 찹쌀떡. 당과 사러 갔다가 빈손으로 돌아왔잖아."

"가, 감사해요."

설화는 감격한 듯 말까지 더듬었다.

"설화한테는 당과가 칼보다 무섭구나."

"그게 무슨 말이에요?"

"어제 그 죽을 고비에서도 눈빛이 흔들리지 않았잖아. 그런데 지금 표정을 보면 떨고 있잖느냐? 확실히 칼보다도 당과가 무섭다는 증거지."

그때였다.

문이 열리고 청화가 들어왔다.

청화는 낮은 목소리로 말했다.

"당문호가 객잔을 떠났어요."

그 말에 한빈과 설화가 서로를 바라봤다.

설화는 언제든 준비됐다는 듯 비장한 표정으로 한빈을 바라봤다.

한빈이 고개를 끄덕이자, 설화는 바로 몸을 돌렸다.

바로 미행을 시작하겠다는 말이었다.

설화가 막 방을 빠져나가려 할 때였다.

한빈이 설화에게 뭔가를 던졌다.

휙!

백발백중의 수법으로 날아간 물체가 천장을 맞고 설화의 앞에 떨어졌다.

설화는 냉큼 그것을 낚아채고는 놀란 눈으로 고개를 돌렸다.

"이게 뭐예요? 공자님."

"출출하면 당과라도 사 먹으라고 주는 용돈이지."

"헉."

"왜 그렇게 놀라?"

"뭔가 묵직해 보여서요."

"아마 연막탄이 같이 있어서 그럴 거야. 위험할 때 쓰라고. 그리고 신호용 폭죽도 있으니 조심하고."

"네, 공자님. 충성!"

설화가 씩씩하게 방을 빠져나갔다.

한빈이 막 의자에 몸을 기댄 채 쉬려는데, 청화가 눈을 반짝인다.

"청화야, 너는 왜 그러고 있어? 어서 가서 자야지."

"그게 아니라, 저도 일 좀 시켜 주면 안 돼요, 공자님?"

"흠."

"저도 용돈 받고 싶은데……."

"너는 돈을 욕심내지 않아도 된다, 청화야."

"왜요?"

"큰 건수가 기다리고 있으니까? 이번 일만 잘되면 나 혼자 먹지는 않으마. 네 몫도 챙겨 주지."

"정말로요?"

청화가 두 손을 모으며 눈을 크게 떴다.

그 모습에 한빈이 피식 웃었다.

"거짓은 아니니 안심하고 푹 자 둬라. 내일부터는 바빠질 수도 있으니까."

"네. 알았어요, 공자님."

청화도 씩씩하게 방을 빠져나갔다.

오늘따라 발걸음이 가벼워 보이는 것이, 상승의 경공술을 배운 것 같은 착각마저 들 정도였다.

한빈이 나지막이 말했다.

"역시, 뭐니 뭐니 해도 돈이 최고지."

그날 아침 식사 자리.

당기명이 한빈에게 독대를 요청했다.

별실로 자리를 옮긴 당기명은 망설이는 눈빛으로 입을 뗐다.

"팽 공, 아니 한빈 의원님. 드릴 말씀이 있습니다."

"혹시 여기에 더 머무를 이유가 생기신 겁니까?"

"헉, 그걸 어떻게⋯⋯."

"눈빛이 그랬습니다. 아마도 저보다 더 뛰어난 의원을 만날 수 있다는 희망 때문이시겠죠? 하나보다는 둘이 더 나으니까요. 그렇지 않습니까?"

"혹시 저와 숙부님의 대화를 엿들으셨습니까?"

당기명은 눈을 크게 떴다.

한빈이 모든 것을 알고 있는 것만 같았기 때문이다.

한빈은 재빨리 손을 내저었다.

"그건 아닙니다. 더 남고 싶다는 눈빛을 보이셨고, 당문호 어르신이 황실의 의관들과 교류가 있었던 것을 알면 간단하게 유추할 수 있는 일이지요."

한빈은 아무 일도 아니라는 듯 손을 내저었다.

"……."

당기명은 미안한 표정으로 말없이 한빈을 바라봤다.

한빈의 말은 모두 사실이었다.

당문호는 당기명에게 솔깃한 제안을 해 왔었다.

솔깃한 제안이라는 건 한빈의 말 그대로였다.

당기명은 당문호에 대해 추호의 의심도 하고 있지 않았다.

그는 사천당가에서 머리 좋은 이였고 정직한 사람이었다.

당문호가 가문을 나간 이유는 간단했다.

사천당가의 무공과는 신체가 맞지 않았기 때문이었다.

하지만 학문에서는 두각을 나타냈다.

두각을 나타낸 정도가 아니라 늦은 나이인 서른에 과거 시험을 준비해서 향시, 회시, 전시까지 연속으로 급제한 인물이었다.

그 기간이 불과 삼 년이었다.

하지만 그에게도 한계는 있었다.

문벌 집안이 아닌 무가 출신인 그는 조정에서 꿔다 놓은 보릿자루 대우를 받아야 했다.

그런 난관에도 종육품까지 오른 인물이 바로 당문호였다.

덕분에 사천당가도 당문호의 덕을 톡톡히 봤었다.

집안에 중앙 관료가 한 명 있다는 것은 그만큼 든든한 일
이었다.

몇 년에 한 번 정도는 사천당가에 얼굴을 비치는 그였다.

강호에 떠돌아다니는 소문 때문인지 사천당가의 소식도
알고 있었다.

숙부 당문호는 황실의 의관을 소개해 주겠다고 했다.

당기명에게 당문호는 아낌없이 베푸는 따뜻한 숙부였다.

다만, 지금은 한빈에게 미안할 뿐이었다.

다른 의원을 모신다는 것은 한빈을 못 믿는다는 뜻이기 때
문이다.

물론 당기명만의 착각이었다.

상념에 잠겨 있는 당기명의 귓가에 한빈의 목소리가 들려
왔다.

"그래서 언제입니까?"

"네? 언제라니 그게 무슨 말씀입니까?"

"황궁 출신 의원을 만나기로 한 날 말입니다."

"그날이라면 별도로 통보해 주시기로 했습니다."

"그렇군요. 저도 부탁이 있습니다."

"말씀하십시오. 제가 들어드릴 수 있는 부탁이라면 백 번
이고 천 번이고 상관없습니다."

"황궁 출신 의원을 소개받으실 때 저도 데려가 주시지요."

"팽 공자님, 아니 의원님을 데려가라고요? 기분 나쁘실 만한 일인데 저희 가문을 위해⋯⋯."

"오해는 마십시오. 순수한 호기심 때문입니다. 그리고 전에도 말씀드렸지만, 저는 의원이 아닙니다."

"그게 무슨 말씀입니까?"

"가주님의 병을 치료할 수 있을지는 몰라도 제가 의원은 아니라는 것을 확실히 해 두죠."

"네, 의원이라고 부르지만, 의원이 아닌 것으로 알고 있겠습니다. 의원님⋯⋯."

당기명은 한빈을 바라보다가 조용히 고개를 돌렸다.

고개를 내민 지 얼마 안 되는 해가 밝게 빛나고 있었다.

당기명은 한빈을 의원이 아니라고 생각하기로 했다.

그에게 한빈은 천하를 비추는 태양이었다.

어찌 보면 당연한 일이었다.

아직까지는 어떤 요구도 없이 자신과 동행하고 있는 한빈이었다.

천수장 주변 마을 사람들의 말도 그렇고, 한빈을 생불이라 생각할 수밖에 없었다.

물론 겉으로는 조금 세속적인 면이 있었지만, 그것마저 진정한 자신을 숨기기 위한 가면이라고 당기명은 생각했다.

상념에 잠긴 당기명을 본 한빈은 자리에서 조용히 일어났다.

눈빛을 보면 어떤 상상을 하고 있는지 알 수 있을 것 같았다.

한빈이 보기에 당기명이 가야 할 길은 아직 멀었다.

천수장에서 이미 탈탈 털리고 왔을 텐데, 그것을 계산에 넣지 못한 당기명은 아직 강호 초출에 불과했다.

한빈은 일단 당문호에 대한 이야기는 비밀로 하기로 했다.

당기명에게 밝혀 봐야 좋은 소리도 못 듣고 정보만 새어 나갈 것이었다.

짐승을 사냥하는 데 가장 중요한 것은 몰이가 아니다. 가장 중요한 것은 바로 고요함이다.

고요함 속에 덫을 놓고 기다리면 짐승은 덫에 걸리기 마련이었다.

그것이 설령 잡으려고 하는 짐승은 아니더라도…….

그날 저녁 칠천객잔.

그때까지 당문호로부터 통보는 오지 않은 상태였다.

대신 조호가 객잔의 별채 문을 열고 다급하게 달려왔다.

한빈은 정자에서 술잔을 기울이다가 자리에서 일어났다.

아무래도 소대섭이 보낸 것 같았다.

하루 동안 적혈맹호대는 당독대와 함께 지난밤 폭발이 일어났던 저택을 살폈다.

한빈이 생각하기에 결과야 뻔했지만, 일단 들어 봐야 했다.

조호가 헐떡거리며 한빈의 앞에 멈췄다.

"후, 다녀왔습니다. 주군."

"느낀 점은?"

"허, 그게 뭐라고 해야 할지……."

"조사할 것이 없었던 것 같구나."

"어, 어떻게 아셨습니까? 주군 말씀대로입니다. 가 보니 폭발의 흔적도 없었고 전각이나 바닥도 멀쩡했습니다."

"흠."

한빈은 생각에 잠긴 듯 탁자를 톡톡 쳤다.

아무래도 이 사건에 개입된 것이 당문호와 살막만이 아닌 것 같았기 때문이다.

그 정도로 깨끗하게 처리했다면?

칠음현의 관리가 개입하지 않고서는 불가능했다.

칠음현의 관리가 개입했다는 증거가 바로 조호가 조사한 사실이었다.

그렇지 않고서야 난장판이 된 사건 현장을 하루 만에 수습할 수는 없을 터였다.

톡.

탁자를 치던 한빈의 손가락이 멈췄다.

고민이 사라졌기 때문이다.

기다리는 것이 아닌 선공이 필요했다.

물론 선공이라고 해서 당문호를 섣불리 건드리는 것은 곤란하다.

타초경사의 우를 범하면 안 되었으니 말이다.

한빈은 최대한 은밀히 계획을 진행하기로 했다.

그때 조호의 떨리는 목소리가 들려왔다.

"주, 주군."

"왜 그래? 조호."

"표정이 너무 무서워서요."

"혹시 어제 잠을 못 자서 눈이 이상한 게 아니야?"

"저 멀쩡한데요?"

"멀쩡한데 내가 왜 무섭게 보여. 천수장 아랫마을 사람들은 나보고 생불이라고 하던데. 안 그래?"

"아, 맞아요. 주군. 제 눈이 잘못됐나 봐요."

조호는 뒤로 주춤거리며 자리를 빠져나갔다.

한빈의 방에서 빠져나온 조호는 가슴을 쓸어내렸다.

한빈이 저런 눈빛을 보인 것은 몇 번 있는 일이었다.

그때마다 대형 사고가 터지기 일쑤였고 말이다.

그런데 이번 한빈의 눈빛은 그 어느 때보다 날카로웠다.

만약 한빈의 눈앞에 사과를 놔둔다면 눈빛만으로도 썰려 나갈 정도였다.

대체 무슨 일이 벌어지려고…….

고개를 갸웃하며 자신의 방으로 돌아가려던 조호는 발걸음을 멈췄다.

새로 온 일행인 원경이라는 친구가 바들바들 떨고 있었기 때문이다.

"원경아, 무슨 일이야?"

"아, 조호 형님. 뒷간에 갔다 오는데 묘하게 오한이 들어서요."

"헉, 얼굴이 완전히 푸르딩딩하네. 대체 뭘 먹었길래?"

"특별히 뭘 먹은 건 아닌데 갑자기 한기가 들이닥쳐서요."

"젊은 놈이 이리 아파서야."

"조호 형님."

"왜? 할 말 있으면 해 봐."

"제가 꼭 이렇게 오한이 들 때면 안 좋은 일이 생기더라고요."

"뭐? 원경이 너한테 예지력 같은 게 있었어?"

"그런 건 아니고……. 주군한테 사로잡히기 전날도 그랬어요."

"푸웁."

"왜 그러십니까?"

"아니, 밑으로 알아서 들어온 거잖아. 선택할 여지도 줬고. 그런데 뭘 사로잡혀. 네가 포로냐?"

"그건 아닌데, 어쨌든 그랬습니다."

"아무래도 많이 아픈가 보다. 빨리 들어가서 쉬어라."

"네, 그럼 들어가 보겠습니다."

원경이 휘청거리며 숙소로 돌아갔다.

그것을 본 조호가 고개를 갸웃했다.

그러고 보니 주군인 한빈의 밑으로 들어온 것이 원경에게는 재앙일 수도 있다는 생각이 문득 들었기 때문이다.

"그렇다면 저놈 촉이 좋다는 건데……."

조호는 어깨를 으쓱하고 적혈맹호대와 당기명이 있는 곳을 향해 발길을 옮겼다.

조호가 돌아가고 한빈은 서책을 펴 놓은 채 창문을 활짝 열어 놓고 있었다.

한빈의 시선은 책이 아닌, 밖을 향해 있었다.

그렇다고 용린검법을 확인하고 있던 것도 아니었다.

한빈은 지금 설화의 신호를 기다리고 있었다.

그때였다.

창밖으로 불꽃이 올라갔다.

팡!

제법 높은 곳에서 불꽃이 터지며 밤하늘에 수를 놓는다.

은은한 달빛을 받은 붉은색 불꽃은 밤하늘을 배경으로 흩러내렸다.

불꽃을 본 한빈은 재빨리 용린검법의 초식을 떠올렸다.

'전광석화.'

'구걸십팔보.'

동시에 한빈의 신형이 옷깃 스치는 소리만 남긴 채 사라졌다.

사사—삭.

한빈은 지붕에서 지붕으로 넘어가며 불꽃이 올라온 방향을 향해 달렸다.

불꽃은 설화가 보낸 신호였다.

폭음과 불꽃에 태연한 것은 적이 만들어 놓은 환경이었다.

뭐, 누가 만들었건 한빈은 그것을 이용하기로 했다.

지금 불꽃은 누가 봐도 칠음현의 평범한 공연으로 보일 것이었다.

하지만 불꽃의 색이 한빈이 미리 정해 놓은 것이었다.

칠음현에서 파는 불꽃과는 조금은 다른 색의 적색.

휙. 휙.

지붕을 뛰어넘으며 구걸십팔보를 펼치던 한빈이 멈춘 곳은 다리 위였다.

다리 위에는 아직도 좌판을 펼쳐 놓은 상인들이 있었다.

그 좌판을 구경하는 남녀로 다리는 북적거렸다.

한빈은 그곳에서 설화를 쉽게 찾을 수 있었다.

이 야밤에 당과 꼬치를 들고 있는 사람은 설화가 유일했기 때문이다.

설화도 한빈이 온 것을 눈치채고 걸어왔다.

다리 위에 서 있는 한빈과 설화는 행인들 사이에 녹아들었다.

누가 봐도 사이좋은 오누이였다.

설화는 아무 말 없이 당과 꼬치를 한빈에게 건넸다.

"여기 이거 드세요."

"그래, 고맙다."

한빈은 당과 꼬치를 입으로 가져가는 대신 눈매를 좁혔다.

역시나 당과 꼬치에는 한 단어가 써 있었다.

살막(殺幕)!

살막이라?

눈을 가늘게 뜨고 보니 당과 꼬치 위쪽에는 위치까지 적혀 있었다.

설화가 군이 꼬치에 살막이라는 단어를 적어 놓은 이유는 간단했다.

은밀하게 접근해야 할지 아니면 대놓고 접근해야 할지에 대한 선택을 한빈에게 맡긴 것이었다.

한빈은 아무렇지 않게 당과를 쏙 빼서 먹은 뒤 꼬치를 들고 휘적휘적 다리를 지나왔다.

　다리 끝에 선 한빈은 뭔가 잊었다는 듯 설화에게 은전을 던졌다.

　툭!

　설화가 뒤따라오다가 은전을 받고는 활짝 웃었다.

　그것도 잠시, 설화는 어디론가 사라졌다.

　한빈이 도착한 곳은 다리에서 십 리 정도 떨어진 도살장이었다.

　돌담으로 쌓은 것이 아니라 대충 대나무로 울타리를 쳐 놓고 있었다.

　전면에서 보이는 울타리는 이백 걸음 정도.

　그리 작은 규모의 도살장은 아니었다.

　도살장이라?

　살막에 어울리는 위장 장소였다.

　피 냄새가 나도 이상하지 않고 물건을 보관할 수 있는 창고를 크게 지어 놔도 이상하지 않다.

　거기에 거리도 이상적이었다.

　외곽에 있지만, 칠음현의 전체를 바라볼 수 있는 곳.

　한빈은 미리 준비한 의복을 꺼내 갈아입었다.

상인 복장으로 갈아입은 한빈은 아무렇지 않게 짐을 어깨에 걸쳐 멨다.

터벅터벅.

한빈은 도살장으로 걸어갔다.

도살장 앞에는 제법 많은 사람이 북적거리고 있었다.

앞에는 갓 도축한 고기들이 진열되어 있었으며 그것을 구매하기 위한 상인과 마을 사람들이 줄을 서 있었다.

아무래도 신선한 고기가 나오는 시간에 맞춰 온 것 같았다.

한빈은 그들의 거래를 팔짱을 끼고 바라봤다.

그들은 바쁘게 고기를 썰고 포장하고를 반복했다.

누가 봐도 보통 백정이고 장사꾼이었다.

한참을 지켜보던 한빈은 입꼬리를 올렸다.

"생각보다 왕거니를 건질 수도 있겠네."

하지만 한빈의 말을 들은 이는 아무도 없었다.

차 두어 잔 마실 시간이 지나자, 사람들은 언제 그랬냐는 듯 사라졌다.

방문자들이 사라지자 그들은 진열해 놨던 고기를 정리하기 시작했다.

한빈은 팔짱을 끼고 천천히 그들에게 걸어갔다.

하지만 그들은 한빈을 바라보지 않았다.

정리하느라 여유가 없다는 듯, 한빈에게는 눈길을 주는 이
는 아무도 없었다.

설화의 쪽지가 없었다면 한빈도 이곳이 평범한 도살장이
라 생각했을 정도로 자연스러웠다.

살기가 미세하게 흘러나오기는 해도 그것은 백정들이 가
축을 잡고 나오는 것과 다르지 않았다.

이 정도로 잘 갈무리된 이들이라면 둘 중 하나였다.

잘 훈련된 살수이거나, 진짜 일반인들이거나 말이다.

물론 후자일 경우는 없었다.

설화가 동종 업계의 사람을 몰라볼 리 없으니까.

그때 설화가 나타났다.

평소의 백색 옷이 아닌 비단옷을 입고 나타났다.

물론 한빈의 지시 때문이었다.

설화가 고개를 갸웃하며 물었다.

"아직도 안 들어가셨어요?"

"조용히 대화하고 싶어서 기다렸지."

"왜 조용히 대화해요? 얘네는 말로 해서 듣지 않아요."

설화는 이해가 안 된다는 듯 고개를 흔들었다.

살막과 흑천은 예전부터 앙숙지간이었다.

그런 이유로 설화는 살막에 대해 안 좋은 감정을 가지고
있었다.

원래 경쟁 관계라는 것이 그렇지 않은가?

살수의 세계도 최고만이 살아남는 곳이었다.

한빈은 사람 좋은 얼굴로 손을 흔들었다.

"에이, 사람이 어떻게 주먹부터 써? 일단은 대화부터 해 봐야지."

설화의 눈이 커졌다.

뭐, 사실관계를 따지자면 일단 주먹부터 쓰지는 않았다. 주먹이 아닌 검부터 들이밀었으니.

문제는 한빈이 마치 평화를 신봉하는 사람처럼 말한다는 것이었다.

설화는 황당하다는 듯 말을 이었다.

"혹시 제가 적어 놓은 거 잘못 보신 거 아니에요? 저는 분명히……."

설화는 말끝을 흐렸다.

살막이라는 단어를 이 근처에서 말하기에는 조심스러웠기 때문이다.

그 모습에 한빈이 말했다.

"일단 대화부터 할 거니까, 절대 경거망동해서는 안 된다."

"어쨌든 알았어요."

"그래, 대신에 신호하면 실력을 발휘해도 된다."

"아, 뭔가 있으신 거죠? 그러고 보니 이렇게 오라고 하셔서 지필묵도 준비 안 했는데……."

"지필묵이라면 여기 준비했다. 뭐 오늘은 필요 없을 것 같지만 말이야."

한빈이 어깨에 멘 짐을 가리켰다.

한빈의 복장이 바뀐 것을 그제야 눈치챈 설화가 눈을 크게 떴다.

"그런데 이렇게 차려입으시니 진짜 부잣집 자제분 같으시네요, 헤헤."

한빈의 복장에 설화가 웃었다.

한빈은 어이없다는 듯 설화를 바라봤다.

"하북팽가면 부잣집 맞거든, 설화야."

"아, 그러네요."

설화가 고개를 갸웃하더니 하늘을 바라봤다.

설화는 가끔 한빈이 하북팽가의 막내 공자라는 것을 잊을 때가 많았다.

그 대화를 끝으로 한빈은 조용히 도살장이 있는 곳으로 걸어갔다.

그들은 한빈을 힐끔 보더니 관심 없다는 듯, 하던 일을 마저 했다.

한빈은 울타리 사이의 입구로 들어갔다.

순간, 사람들의 시선이 달라졌다.

묘하게 뒤틀린 기척이 여기저기서 느껴졌다.

여기서 돌아본다면 굳이 상인 복장으로 변장할 필요가 없었다.

일반 상인이 그들의 시선을 눈치챌 리 없을 테니까.

한빈은 아무렇지 않게 주변을 살폈다.

칼을 가는 백정도 있었고 묻은 피를 물로 청소하는 이도 있었다.

모두 자신의 일에 열중하고 있다.

한빈은 고개를 갸웃했다.

도살장의 깊은 곳에서 칠현금 소리가 흘러나왔기 때문이다.

띵, 띠디딩!

도살장의 깊은 곳에 한빈의 시선이 멈추자, 누군가가 한빈의 곁으로 다가왔다.

한빈은 모른 척 주변을 둘러보며 칠현금 소리를 감상하는 척했다.

뒤쪽으로 다가온 사람이 헛기침으로 말문을 열었다.

"험. 보아하니 서생 같은데, 피 냄새 풍기는 도살장에 무슨 일이십니까?"

"아, 깜짝이야."

한빈이 놀란 듯 뒤를 돌아봤다.

"놀란 건 저희입죠. 보통 사람이 예까지 들어오는 건 드문 일이라서요."

사내가 한빈을 위아래로 훑어봤다.

한빈도 사내의 행색을 살폈다.

정돈되지 않은 긴 머리를 끝으로 질끈 동여매고 있었지만, 복장은 다른 이들보다 단정했다.

한빈은 그의 머리와 복장을 유심히 본 뒤 웃으며 답했다.

"도살장에 온 이유야 뭐 다른 게 있겠습니까? 좋은 고기를 찾기 위해서죠."

"소문을 듣고 오셨군요?"

"네, 칠음현에서 가장 유명한 게 칠현금 소리이고 그다음이 고기라 들었습니다. 그래서 하남에서부터 찾아왔습니다."

"허허, 하남에서부터 왔다면……."

사내가 눈을 가늘게 떴다.

한빈은 그 의미가 무엇인지를 알고 있었다.

하남성부터 칠음현까지의 거리는 고기를 운반할 수 있는 거리가 아니었다.

웬만한 날씨에는 다 상해 버릴 테니 말이다.

한빈이 웃으며 말을 이었다.

"고기를 육포로 가공해서 팔 예정입니다. 그러려면 고기의 질이 으뜸이어야지요. 여기서 못 찾는다면 호남까지 발걸음을 해야 합니다."

"아, 그러셨군요."

"아무래도 대량으로 거래를 하려다 보니 주인을 만나야 할 것 같아서 이렇게 왔습니다. 대충 달에 은자 백 냥 정도의 거래부터 시작하려고 합니다."

"진작 말씀하시지……."

"도살장에 칠현금 소리가 나니 신기해서 안까지 들어와 봤습니다."

"허, 그건 우리 도살장의 비법입죠."

"비법이라니, 그게 무슨 말씀입니까?"

"고기가 제일 맛있을 때가 언제인지 아십니까?"

"흠, 그건 아무래도 막 잡았을 때……. 신선한 고기 아닙니까?"

"그것도 맞긴 한데, 정답은 아닙죠. 백정들은 모두 하나같이 그 가축이 제일 행복할 때 잡아야 고기가 제일 맛있다고 합죠."

"도살장에서 소가 행복할 수 있다니, 그게 무슨 말씀입니까?"

"하하, 원래 이건 저희만의 비법인데 특별히 보여 드리죠."

"오호, 그렇게 해 주신다면야 믿고 거래할 수 있을 것 같습니다. 감사합니다."

"그럼 이쪽으로 오시죠. 그런데 저쪽은 이분이 가시기에는……."

사내는 설화를 보며 고개를 갸웃했다.

가축을 잡는 장면을 보기에는 설화가 조금은 어려 보였기 때문인 듯했다.

한빈은 손을 내저으며 말했다.

"괜찮습니다. 이래 보여도 담력이 제법 큰 아이입니다."

"저는 괜찮아요. 눈 가리고 있으면 돼요."

설화가 말을 덧붙이자 사내가 씩 웃으며 걸음을 옮겼다.

터벅터벅.

사내는 백 걸음 이상을 가서 멈췄다.

그곳에는 소가 한 마리 묶여 있었다.

소가 묶인 곳의 이십 걸음 밖에는 면사포를 쓴 여인이 칠현금을 앞에 두고 있다.

아마도 도살장에 울리던 칠현금 소리는 저 여인으로부터 나온 것이 분명했다.

사내는 사람 좋은 얼굴로 한빈에게 손짓했다.

"이제부터 보여 드릴 테니 가까이 오십시오. 여기 자리에 앉아서 구경하셔도 됩니다."

"네, 감사합니다."

한빈은 살짝 고개를 숙인 후 사내가 가리킨 의자에 앉았다.

한빈이 턱을 괴고 보고 있는데 갑자기 칠현금 소리가 울리기 시작했다.

백색 면사를 쓴 여인이 칠현금을 타기 시작한 것이다.

한빈은 소를 잡는 모습에는 관심이 없다는 듯 눈을 감았다.

옆에서 그 모습을 힐끔 바라보던 설화는 고개를 갸웃했다.

상대의 의도대로 움직이는 한빈이 이해가 안 되었던 것이다.

그때였다.

눈꺼풀이 갑자기 무거워졌다.

약에 취한 듯 스르륵 감기는 눈. 설화는 최대한 이를 악물었다.

잘못되었음을 직감한 것이다.

이런 느낌은 분명……

띵. 띠, 딩.

설화는 생각을 떠올리지 못했다. 칠현금 소리가 계속 귓속에 파고들었기 때문이다.

순간 설화의 눈앞에 묘한 광경이 펼쳐졌다.

잔뜩 쌓여 있는 당과와 어린 시절 어렴풋이 떠오르는 어머니의 모습.

'어서 이리 오렴.'

어머니의 환청까지 들려왔다.

기억에는 남아 있지 않은 모습이지만, 마치 살아 있는 듯 생생하게 눈앞에 떠오르고 있었다.

환상이라는 건 알지만, 꿈에서 깨고 싶지 않았다.

행복한 기억이 머릿속에 가득 차고, 잊고 싶은 기억은 봄날 눈처럼 녹아 없어졌다.

설화는 자신도 모르게 입꼬리를 올렸다.

한빈과 설화를 바라보던 백정 모습의 사내가 칼을 들었다.

소가죽을 벗기는 데 쓰는 도축용 칼이었다.

사내는 환하게 웃었다.

자신이 제거하려는 상인과 여자아이가 앉은 자리는 보통 자리가 아니었다.

음공을 증폭시키는 진법이 설치되어 있는 자리였다.

화경의 고수라 할지라도 저 의자에 앉게 되면 칠현금이 내는 소리에서 벗어나지 못한다.

칠현금을 연주하는 이는 살막의 이인자로, 월영이라 불리는 인물이었다.

백정 모습을 한 이는 그의 오른팔인 일현.

일현은 입꼬리가 올라간 한빈을 보며 미소 지었다.

그가 한빈에게 한 말은 사실이었다.

이곳에서는 소든 사람이든 웃으면서 죽을 수 있었다.

일현이 칼을 올려 조용히 원을 그렸다.

동시에 일현의 옆에 소리 없이 그림자가 나타났다.

그들은 일현과는 달리 흑의 복면을 쓰고 있었다.

하지만 일현과 똑같은 칼을 들고 있었다.

흑의 복면을 쓴 사내들은 일현의 수하였다.

일현이 한빈에게 얼굴을 들이대며 말했다.

"좋은 꿈을 꾸면서 가는 것도 행운이지."

"어르신은 이놈이 상인이 아니라는 것을 어찌 아셨습니까?"

일현의 수하가 물었다.

"상인의 봇짐이 저리 허술하지는 않지."

"아, 그렇군요. 그렇다고 보자마자 가죽을 벗기는 것은……."

"이 안으로 들어온 이상 짐승이든 사람이든 살아 나간 생명이 있더냐? 그리고 관부의 움직임이 수상하다. 아마도 저 놈은 나라에서 보낸 자일 수도 있다."

"듣고 보니 어르신 말씀이 맞습니다."

"나는 옆에 있던 아이의 가죽을 벗겨 낼 테니, 너희는 저 사내놈을 맡아라."

"그래도 부막주님께는 여쭤봐야 하지 않겠습니까?"

복면 사내의 말에 백정 모습의 사내가 정자 쪽을 바라봤다.

그곳에는 칠현금 연주에 흠뻑 빠진 여인이 있었다.

백정 모습의 사내가 바라보자 연주를 하던 여인의 백색 면사가 위아래로 출렁였다.

그 모습에 백정 모습의 사내가 말했다.

"부막주님께서 허락하셨다."

백정 모습의 사내는 하얀 이를 드러내며 조심스럽게 설화의 정수리에 칼을 그으려 했다.

그때였다.

옆에서 내력이 담긴 목소리가 흘러나왔다.

"거기까지!"

"헉! 대체 어떻게?"

놀란 일현이 뒷걸음쳤다.

목소리의 근원지는 상인 복장을 한 한빈이었다.

몇 걸음 물러난 일현은 칼을 고쳐 잡고 한빈을 바라봤다.

일현은 고개를 갸웃했다.

한빈의 입꼬리는 난을 그려 놓은 것처럼 호선을 그리고 있었다.

음공에서 벗어났다고는 보기 힘든 표정이었다.

부막주 월영의 음공이 깨진 적은 한 번도 없었다.

힐끔 고개를 돌린 일현은 부막주 월영의 손을 바라봤다.

띵. 띠. 딩.

부막주 월영의 칠현금 소리는 아직 끊이지 않고 있었다. 부막주 월영이 저렇게 태연하게 연주하고 있다는 것은 상대가 칠현금의 올가미에서 벗어나지 못했다는 말이었다.

살막의 부막주 월영은 지금 한빈의 외침도, 수하들의 당황도 머릿속에 없었다.

무아지경 속에서 칠현금을 연주하고 싶었다.

그녀의 꿈은 살막의 수장이 아닌 평범한 예인(藝人)이었다.

그것을 박살 낸 것은 다름 아닌 무림이었다.

아무것도 아닌 싸움 속에 예인이 말려든다면?

그때 월영은 부모를 잃었다.

울고 있던 그녀를 거둬 준 것이 바로 살막의 막주였다. 살막의 막주에게 거둬져 살수로 다시 태어난 그녀였지만, 검보다는 칠현금을 가까이했다.

지금처럼 무아지경으로 연주를 하고 있던 달밤이었다.

정체불명의 노파가 그녀에게 다가왔다.

날이 밝을 때까지 그 노파는 그녀의 연주를 조용히 듣고 있었다.

그녀가 눈을 떴을 때, 노파는 눈을 감은 채 숨을 쉬지 않는 상태였다.

그녀의 앞에 악보 하나를 내려놓은 채 말이다.

숨도 쉬지 않는 노파를 본 그녀는 다급하게 환단을 가져왔지만, 노파는 사라진 후였다.

악보만 남겨 둔 채 말이다.

그 악보의 이름은 월인천음지공(月人天音之功).

그녀는 시간이 날 때마다 이 악보를 연주했다.

처음에는 그 악보가 무공과 관계가 있다는 것을 알지 못했다.

그저 묵묵히 그 악보를 연주하다 보니 어느 날 음을 구체화하는 경지인 음사지경(音絲之境)에 오르게 된 것이었다.

그 후 그녀의 칠현금 연주에 목이 떨어져 나간 악인은 손이 몇 개라도 헤아릴 수 없을 정도였다.

그녀가 받는 의뢰는 딱 두 종류였다.

사람의 목숨과 관계가 없거나, 해치워야 할 사람이 악인인 경우였다.

뭐, 막주도 화경의 경지에 오른 월영을 말릴 수 없었다.

그런데 요즘 그녀에게는 칠현금 말고 또 다른 취미가 생겼다.

계기는 칠음현에서는 '적룡출세'라 불리는 서책이었다.

누가 지었는지는 모르겠지만, 이야기꾼이라면 한 권씩 들고 다니는 책이었다.

강호에는 영웅이 없고 죽일 놈만 있다고 생각했던 그녀였다.

하나 비록 이야기 속 주인공이지만, 그녀의 앞에 적룡대협이라는 영웅이 나타난 것이다.

책의 내용에 의하면 사파라는 증거도.

정파라는 증거도 없다.

자신의 조직도 아닌데 목숨을 걸고 마교의 고수를 향해 검을 날리는 기세는 잊을 수 없었다.

사실 그동안, 강호에 존재 가치가 있는 인물은 없다고 생각했었다.

그런데 그녀가 인정할 수 있는 인물이 나타난 것이다.

물론 그녀 역시 처음에는 이야기 속 인물에 불과하다고 생각했다.

하지만 여기저기서 들리는 목격자의 증언에, 그를 실제 인물이라고 인정할 수밖에 없었다.

그 후 그녀는 인생의 목표를 바꿨다.

이야기책 한 권 때문에 인생의 목표가 달라진 것이다.

쓰레기들을 해치우는 살수에서, 약자를 구하는 영웅으로 말이다.

영웅이 되는 법은 간단했다.

먼저 문파를 밝히고.

다음으로는 적룡대협이라는 영웅을 배출해 낸 문파의 제자가 되는 것이었다.

그런 이유로 부막주 월영은 이야기 속에 나오는 초식을 다시 구성하는 데 온 힘을 기울였다.

하지만 그런 그녀의 취미 생활에 방해꾼이 있었다.

그것은 바로 계속 쏟아지는 의뢰였다.

그녀는 자신의 수하인 일현에게 의뢰를 받지 말라 했다.

의뢰를 받지 않아도 이곳 칠음현 지부는 정보의 요충지 역할로도 충분했다.

그런데 일현이 덜컥 의뢰를 받아 버린 것이다.

그것도 제일 증오하는 관리의 의뢰를 말이다.

부모님이 죽었을 때 아무런 조치도 취하지 않은 관아는 원수보다도 미웠다.

그녀의 짜증이 한계치까지 쌓인 순간, 관리가 시답지 않은 의뢰를 다시 들고 온 것이었다.

그가 가고 나더니 이제는 재수 없는 장사치까지 약속도 없이 찾아왔다.

그런데 그 장사치의 신분이 수상하다는 보고를 받자 그녀의 이성이 끊긴 것이다.

팅. 팅.

그녀의 손이 더욱 빨라졌다.

그녀의 소리는 누군가에게는 독이지만, 일현에게는 마음의 안정을 가져다주는 보약이었다.

부막주 월영의 칠현금에는 두 가지 비기가 숨어 있다.

하나는 지금처럼 상대의 상단전을 공격해서 섭혼술에 가까운 올가미를 씌우는 것이고.

다른 하나는 음공을 검기로 유형화하여 상대를 공격하는 것이다.

검객으로 치면 검기상인의 경지를 이루었다는 것.

그러니 이렇게 화경에 막 발을 들여놓은 부막주 월영의 음공을 깬다는 것은 있을 수 없는 일이었다.

그렇다면 지금의 목소리는 과연 무엇일까?

일현은 조심스럽게 잠꼬대라고 결론을 내렸다.

음공에 정신을 잠식당하고도 잠꼬대를 하는 이를 가끔 본 적이 있기 때문이었다.

일현은 한숨을 내쉬었다.

"휴, 착각했군."

"괜찮으십니까?"

"괜찮다. 원래 계획대로 간다. 나는 저 어린아이를……. 너희는 저 상인 놈의 가죽을 벗긴다."

일현이 막 설화에게 한 발 내디뎠을 때였다.

번쩍.

정신을 잃었던 한빈이 눈을 떴다.

자리에서 일어난 한빈은 사람 좋은 얼굴로 몸을 풀었다.

뚝. 뚝.

손가락 마디에서 소리를 낸 한빈은 일현을 바라봤다.

"거기서 뭐 해?"

"대, 대체 어떻게 깨어난 것이냐?"

"그건 영업 비밀이고. 그나저나 너희는 왜 소를 안 잡고 여기서 얼쩡거리는 거지?"

말을 마친 한빈은 설화의 상태를 살폈다.

표정을 보니 설화는 아직 꿈속을 헤매는 듯 보였다.

그때 일현이 외쳤다.

"허, 참 불쌍한 놈이로고! 그냥 잠들어 있었다면 살가죽이 벗겨지는 고통도 없었을 것을……. 참 안타깝도다!"

"……."

한빈은 아무런 답도 하지 않았다.

그저 못 들었다는 듯, 설화의 정수리에 손을 올려놓고 기운을 불어 넣었다.

그때 일현이 점점 다가왔다.

터벅터벅.

하지만 한빈은 설화에게 올려놨던 손을 떼지 않았다.

칠현금을 연주하던 부막주 월영마저도 한빈이 신기하다는 듯 고개를 갸웃했다.

그녀는 연주를 멈추고 칠현금을 어깨에 걸쳐 메고는 천천히 걸어왔다.

일현은 부막주 월영이 올 때까지 기다리며 한빈을 탐색했다.

이제 막 합공이 시작되려는 찰나.

한빈이 외쳤다.

"부막주 양반은 나랑 얘기 좀 하고 나머지는 이 아이와 이야기하도록!"

말을 마친 한빈은 재빨리 품에서 단검을 빼 들었다.

한빈이 앞으로 치고 나가자 뒤에서 정신을 차린 설화가 눈매를 좁히며 숨겨 놓은 우혈랑검을 꺼냈다.

그때였다.

한빈이 외쳤다.

"이놈!"

짧은 외침이었지만, 살막의 무사들이 움찔했다.

간단한 외침이 아니었다.

용린검법의 초식 중 허장성세의 효용이 담긴 사자후였다.

살막의 살수들을 가로지르는 한빈의 손이 표홀히 움직였다.

쉭쉭!

그들을 지나친 한빈이 백색 면사로 얼굴을 가린 부막주의 앞에 섰다.

"부막주 월영, 맞지?"

"……."

월영은 허장성세의 위엄에 잠시 당황했지만, 다른 이들과는 다르게 바로 정신을 차렸다.

다만, 잠시 위축되었을 때 공격 대신 대화를 택한 한빈이 이상할 뿐이었다.

한빈은 그녀의 표정에는 아랑곳하지 않고 말을 이었다.

"두 가지 선택권이 있다. 한 대 맞고 고개를 숙이든지, 아니면 죽도록 맞고 고개를 숙이든지."

"호호, 나를 웃게 만든 놈은 요즘 들어 네가 처음이다. 막주님도 나를 함부로 대하지 못하거늘……."

그때였다.

한빈이 단검으로 그녀의 어깨를 그었다.

정확히는 그녀의 어깨에 걸친 칠현금의 줄을 베려는 것이었다.

월영은 재빨리 칠현금을 뒤집었다.

깡!

한빈의 단검과 닿은 칠현금이 굉음을 냈다.

한빈은 눈매를 좁혔다.

지금 부딪친 느낌으로 짐작하건대, 칠현금의 뒤판은 현철로 되어 있었다.

월영은 재빨리 뒤로 물러났다.

말도 안 되는 속도로 뒤로 물러나며, 월영은 칠현금을 튕겼다.

딩!

그 소리에 한빈은 재빨리 오른쪽으로 반걸음 몸을 틀었다.

그것이 시작이었다.

한빈이 다가오면 더욱 빠른 속도로 물러나며 음공을 쏘아냈다.

딩! 딩!

검을 휘두르는 것과 칠현금의 줄을 튕기는 것.

둘 중 어떤 동작이 빠를까?

물론 칠현금의 줄을 튕기는 것이었다.

월영은 지금 속도에서 한빈을 압도하려 했다.

사실 지금 음공은 한빈에게는 상극의 무공이었다.

쾌검을 위주로 하는 한빈에게, 그보다 더 빠른 연주로 쏘아 내는 음공은 파훼하기 힘들었다.

그녀가 쏘아 내는 음공은 마치 칠현금과 연결된 듯, 푸른 줄이 되어 나아갔다.

그것은 음이 실의 형상이 된 음사(音絲)의 형태였다.

하지만 한빈의 입가에는 묘한 웃음이 걸려 있었다.

딩! 딩!

월영이 줄을 튕기는 속도가 더욱 빨라졌다.

한빈이 피할 곳조차 없이 빼곡히 음사를 쏘아 내었다.

그녀가 만든 음사는 마치 거미줄처럼 여기저기 엉켜 있었다.

그때였다.

빠른 속도로 음사를 피해 나가던 한빈이 갑자기 자리에 멈췄다.

그러고는 천천히 월영의 곁으로 걸어가기 시작했다.

그 모습에 월영이 눈매를 좁혔다.

자신이 펼치는 칠현금 연주에 이렇게 대응하는 자는 없었다.

칠현금에서 쏘아 내는 음사를 검으로 쳐 낸다고?

그것도 말도 안 되는 일이었다.

그런데 앞에 있는 상인 복장의 사내는 점점 자신에게 다가오고 있었다.

팅. 팅.

월영은 조금 더 속도를 높였다.

자신의 음사가 사내의 외투를 찢고 있었다.

비단옷 사이로 핏물이 비친다.

그런데도 사내는 계속 다가오고 있다.

'이런 무식한!'

월영은 속으로 탄성을 토하다가 고개를 갸웃했다.

저런 기세를 어디선가 본 적이 있기 때문이다.

하지만 지금은 대결 중이라 기억을 떠올릴 틈이 없었다.

점점 거리가 좁혀지자, 이해가 되지 않는 일이 일어났다.

자신이 쏘아 내는 음사의 기운이 다시 되돌아왔던 것.

이화접목?

있을 수 없는 일이었다.

병장기를 맞대고 싸울 경우 다른 이의 힘을 이용해 상대를 제압하는 것이 가능했다.

하지만 이것은 무형지기를 쏘아 내는 음공이었다.

월인천음지공의 음공을 돌려보내는 수법이라?

월영은 한빈의 수법이 자승자박의 초식이리라고는 꿈에도 몰랐다.

그것은 현실에서 존재할 수 없는 초식이니까.

말도 안 되는 상황이 일어나자 월영은 더욱 이를 악물었다.

음사를 쏘아 내는 속도를 더욱 높인 것이다.

그때, 갑자기 상대의 단검이 간격 안으로 파고 들어왔다.

획.

뭐지?

의문도 잠시, 계속 들어오는 단검의 예기.

그런데 그 단검이 그녀의 옆구리를 썰고 지나갔다.

월영의 완벽한 방어를 뚫은 것이다.

그녀는 입술을 잘끈 깨물었다.

그냥 깨문 것이 아니라 자신의 피를 매개로 속도를 높이기 위함이었다.

그녀의 속도가 점점 빨라지자 한빈은 눈을 크게 떴다.

그녀에게서 다름 아닌 진청색 점이 보였기 때문이다.

한빈의 표정에 월영은 회심의 미소를 지었다.

한빈이 당황했다고 착각한 것이다.

그때 한빈이 품속에서 뭔가를 꺼내더니 흩뿌렸다.

단순히 뿌린 것이 아니라 '백발백중'의 초식을 담아 쏘아 냈다.

쫘악!

순간 월영은 모든 진기를 다 모아 한빈을 향해 쏟아 냈다.

날아오는 암기를 부수는 동시에, 한빈마저 잘게 다지려는 듯 흉흉한 기세로 날아왔다.

찡! 찡!

천잠사로 만든 칠현금의 줄이 끊어질 듯한 소리를 내며 쏟아졌다. 그러나 그 음사의 세례에도 한빈은 웃었다.

미소를 머금은 한빈은 팔짱을 끼고 상대를 바라봤다.

순간 한빈을 향해 모든 진기를 쏟아 음사를 쏘아 내던 월영은 눈을 크게 떴다.

그녀가 거미줄처럼 쏘아 낸 음사가 헝클어지고 있었기 때문이다.

팅. 팅. 팅.

음사가 굴절되며 얼기설기 엉키더니, 급기야는 자신을 향해 날아왔다.

픽.

음사 하나가 그녀의 어깨를 관통했다.

그것을 시작으로 자신이 쏘아 냈던 음공이 되돌아오기 시작했다.

털썩.

그녀는 무릎을 꿇었다.

월영은 고개를 흔들었다.

그녀의 앞에는 이상한 사람이 서 있었다.

자신을 농락했던 상인은 어디에도 없었다.

대신 붉은 무복을 펄럭이며 웃고 있는 사내가 있었다.

그녀가 낮은 목소리로 말했다.

"적룡……."

하지만 그녀는 말을 맺지 못했다.

힘을 다 소진한 채 의식을 잃었다.

한빈은 그녀의 말에 고개를 갸웃하다가 허공으로 시선을 돌렸다.

[용안(龍眼)으로 구결을 확인합니다.]

[지급(池級) 구결 의(衣)를 획득하셨습니다.]

[지급(地級) – 만(滿), 금(錦), 의(衣)]

서서히 초식이 완성되어 가려고 했다.

아직은 어떤 초식이 나올지 모르지만, 지급의 초식이라면 자신을 조금 더 강하게 만들어 줄 것이 분명했다.

그때 뒤쪽에서 엷은 신음이 흘러나왔다.

"끄응."

한빈은 뒤를 돌아봤다.

그곳에는 설화가 땀을 송골송골 흘리고 있었다.

소매로 땀을 닦아 낸 설화는 억울하다는 듯 말했다.

"아까는 대화로 푸신다면서요!"

"작전이 바뀌었다."

한빈이 씩 웃자 설화가 말했다.

"대신 옷 사 주셔야 해요."

"그래, 새 옷에 당과 예약!"

"알았어요. 저는 피곤해서 쉬고 있을게요."

설화는 제자리에 털썩 앉아 살막의 고수들을 바라봤다.

설화와 눈이 마주친 일현은 비명을 지르고 싶었지만, 그럴 수 없었다.

아혈과 마혈을 제압당했기 때문이다.

일현이 이렇게 된 것은 설화에게 제압당해서가 아니었다.

한빈이 그들을 가로지르면서 아혈과 마혈을 제압해 버렸기 때문이었다.

그 뒤로 기세 좋게 설화가 치고 들어왔다.

하지만 설화는 일현과 무리에게 아무런 해도 가하지 않았다.

도리어 음사의 파편이 그들을 덮쳤을 때, 설화가 막아 주었다.

일현은 설화의 무시무시한 한 수를 두 눈으로 봤다.

깨진 항아리가 파편이 되어 날아오듯 음사의 파편이 그들의 몸을 덮치려고 할 때, 설화는 단검 하나에 모든 진기를 불어 넣어 위험을 날려 버렸다.

그것은 파혼검의 구 성에 해당하는 초식.

하지만 일현이 설화의 초식을 알아볼 리 없었다.

그저 무시무시한 초식이라는 것 외에는 알 도리가 없었다.

❦

한바탕 폭풍우가 지나간 칠음현 살막 지부.

한빈은 정자에 앉아서 조용히 경치를 바라보고 있었다.

설화는 어디서 구했는지 당과 꼬치를 들고 있고 말이다.

그들의 앞에는 면사를 벗은 월영이 앉아 있었다.

일부러 벗으려 한 것은 아니고, 면사가 다 찢겨 필요가 없어진 것이다.

그 옆에는 일현이 멍하니 앉아 있었다.

그 눈빛에는 호기심도 생기도 없었다.

먼저 입을 연 것은 한빈이었다.

"왜 전 무림을 적으로 돌릴 의뢰를 받았나요?"

"……."

월영은 눈을 크게 떴다.

이해를 못 하는 듯 고개를 갸웃하며 일현에게 눈짓한다.

일현도 고개를 흔들며 모른다는 신호를 보냈다.

그 모습을 본 한빈이 말을 이었다.

"제가 누군지 아십니까?"

"……."

그녀는 입을 열지 않았다. 가슴 한편에 담아 둔 이름이 있기는 했지만, 황당해서 내뱉지는 못한 것이다.

한빈이 웃으며 말했다.

"저는 사파와도 정파와도 친구입니다."

"그렇다면 대협의 정체는 진짜, 적룡대협이라는 이름으로 불리는……."

월영이 다시 말끝을 흐리자 한빈이 고개를 끄덕였다.

"이름은 따로 있지만, 누군가는 그렇게 부르더군요."

"헉, 진짜로 살아 계셨군요."

말을 마친 월영이 한빈에게 달려들려 했다.

순간 설화가 당과를 꼬치째 들고 그녀를 막았다.

"진정하세요, 아주머니."

"어, 그러니까……."

월영도 그제야 자신의 실책을 깨닫고 자리에 앉아 심호흡했다.

하지만 한빈을 바라보는 시선은 거두지 않았다.

한빈도 고개를 갸웃했다.

그녀의 반응이 의외였기 때문이다.

사파와 관계있는 인물이라는 것을 보여 주고 정파와의 인맥도 일부 드러내며 협박으로 살막의 협조를 얻어 내는 것이 한빈의 계획이었다.

살막을 죽일 수는 있어도 협조를 얻어 내는 방법은 이 길이 유일하다고 결론을 내렸었고.

그런데 얻어맞고도 이렇게 호의적이라니?

한빈이 고개를 갸웃하자, 월영이 말을 이었다.

"뵙고 싶었습니다. 저도 대협처럼 되는 게 꿈이에요."

"흠."

한빈은 자신도 모르게 헛기침했다.

옆에 있던 일현이라는 자는 넋이 나간 듯 입을 벌리고 있었다.

"제가 대협의 신분을 미리 알았다면 맨발로 마중 나갔을 겁니다."

"제가 말했으면 믿었겠습니까?"

"……."

"제 초식을 보고 확신하셨겠죠?"

"그, 그건 맞아요."

"제가 누구든 확인 과정은 필요했겠죠? 살막은 그리 만만한 조직은 아니니까요."

"죄, 죄송합니다."

"먼저 말하고 싶은 것이 있다면 다 털어놓으시죠. 그 후 제가 부탁 하나를 드리겠습니다."

"그럼 염치 불고하고……."

말끝을 흐린 월영은 일현에게 뭔가를 속삭였다.

화들짝 놀란 일현은 재빨리 어디론가 달려갔다.

일현이 내온 것은 보따리였다.

그것을 본 설화가 나지막이 말했다.

"어? 저거 내 역할인데 설마……."

설화는 입을 크게 벌렸다.

설마 했는데 그곳에서 나온 것은 먹과 붓이었다.

이게 무슨 일인지 황당해진 설화는 한빈을 바라봤다.

"어떻게 된 거예요?"

"두고 보는 게 좋겠구나, 설화야."

둘이 고개를 갸웃하고 있을 때, 월영이 탁자 위에 서책 하나를 올려놨다.

그러고는 먹물에 붓을 담그더니 한빈에게 건넸다.

서책에는 붉은 글씨로 '적룡출세'라는 제목이 적혀 있었다.

한빈은 이 상황이 낯설었다.

설화에게 붓을 받아 본 적은 있어도 타인에게 이렇게 붓은 건네받은 적은 없었다.

붓을 받은 한빈이 고개를 갸웃하자 월영이 말을 이었다.

"서책에 서명 하나만 부탁드릴게요, 대협."

"……."

"이 책을 대대로 간직할 것이며 저는 살막의 반을 바칠 준비가 되어 있습니다."

월영이 다소곳이 포권하자 옆에서 지켜보던 일현이 헛숨을 토했다.

"헉, 부막주님!"

어찌나 놀랐는데 피를 토해도 이상하지 않을 표정으로 이마를 만졌다.

그들의 난데없는 행동에 한빈은 피식 웃으며 서책에 서명했다.

사ㅡ삭.

서명을 한 한빈이 말을 이었다.

"살막의 반은 필요 없고, 부탁 하나면 됩니다."

"네?"

"다시 말하지만 부탁 하나면 됩니다."

"역시 저희 살막 같은 살수 조직은 눈에도 차지 않으시겠죠?"

"반은 필요 없고, 부막주님이 앞으로 도와주시면 어떻겠습니까?"

"그러니까…… 저를 살막보다 더 높이 평가한다는 말씀이시죠?"

"……."

한빈은 조용히 먼 산을 바라봤다.

과연 이 여인의 머릿속에는 무엇이 들어 있을까?

도저히 감이 잡히지 않았다.

한빈은 재빨리 화제를 돌리는 게 좋다고 생각했다.

"당문호에게 의뢰를 받으셨죠?"

"네, 맞아요. 의뢰는 두 가지였어요. 첫 번째는 당기명이라는 사천당문의 직계를 위협하는 척해 달라는 것과 다른 한가지는 칠음현에 있는 두 권력자에게 청탁을 해 달라는 것이에요. 첫 번째는 끝났고 두 번째는 오늘 그 두 권력자를 방문하기로 했어요."

운만 뗐는데도 월영은 뒷이야기까지 모두 털어놓았다.

그녀의 설명에 한빈은 조용히 고개를 끄덕였다.

당문호가 판 함정은 생각보다 치밀했다.

강호가 아닌 관부를 적으로 만들려는 속셈인 것 같았다.

구체적인 계획은 몰라도 살막에 청부한 내용을 아는 한 방비를 할 수 있었다.

설명을 다 듣고 난 한빈이 말했다.

"살막에 의뢰한 일 말입니다."

"네, 말씀하시지요."

"제가 하겠습니다. 가능하겠습니까?"

"물론이지요. 당문호의 목을 따라고 하시면 그렇게 하겠습니다."

"그럴 필요는 없습니다. 제게 상세하게 의뢰만 설명해 주시면 됩니다."

"그러니까……."

월영은 자세히 설명했다.

전달한 물건은 이미 맡아 놓은 상태. 그리고 두 명의 권력자에 대한 신상 명세와 그들의 집에 들어갈 수 있는 암어까지 모든 것을 털어놓았다.

다 듣고 난 한빈이 말했다.

"진짜 무서운 독사는 독니를 보이지 않는 법이지요. 그러니 의뢰를 받을 때 조심하십시오."

"그게 무슨 말씀입니까? 살막이 독사라는……."

"당문호가 독사라는 말이었습니다. 만약에 이 의뢰를 성공하셨다면 저와 적이 되었을 테고 그 이야기는 사파 전체와 적이 된다는 이야기입니다. 거기에 사천당가를 포함한 정파와도 적이 되겠지요. 당문호의 의뢰는 돈이 아니라 독을 비용으로 지불한 것이지요."

"후, 그럴 수도……."

월영은 작게 고개를 끄덕였다.

한빈의 말이 맞을 수도 있다 생각한 것이다.

한빈은 물건까지 건네받고 고맙다는 인사를 하고 자리에서 일어났다.

그때 월영이 한빈을 조심스럽게 불렀다.

"대협, 하나만 여쭤봐도 될까요?"

"네, 물어보시지요."

"마지막 초식은 대체 어떻게 하신 겁니까? 제가 쏘아 낸 음사를 엉키게 만들어 폭사시킨 그 초식 말입니다."

"궁금하십니까?"

"네, 궁금합니다."

"공짜로는 안 되고 다음 부탁 하나는 맡겨 두는 것으로 갈음하지요. 괜찮겠습니까?"

"네, 좋아요."

"표면이 매끈한 은구슬은 음사를 반사할 수 있습니다."

"그게 무슨 말씀인지……."

"저 아래에 보시면 은구슬이 떨어져 있을 겁니다. 그게 세 번째 부탁에 대한 비용입니다. 이러면 세 번째 부탁까지 맡겨 놓은 게 되겠군요."

한빈의 말은 사실이었다.

한빈이 마지막에 던진 암기는 은구슬이었다.

월영이 쏘아 내던 음사를 파훼하는 방법은 의외로 간단했다.

음사는 검기보다는 약하기에 은처럼 매끈하고 단단한 물질에는 반사되는 특성이 있었다.

즉, 동그란 은구슬에 닿는다면 무작위로 굴절되어 통제가 안 된다는 것이다.

한빈은 이것을 어떻게 알고 있었을까?

전생에 월영이 마교의 검객과 싸우는 모습을 봤기 때문이다.

마교의 검객과 싸우다 음공이 파훼당하자 그녀는 치명상을 입게 된다.

한빈은 그녀가 있다는 것을 도살장 앞에서 거래하는 모습을 보고 알았다.

그들이 고기를 싸는 종이에는 묘한 암어들이 적혀 있었다.

그 암어를 보호하기 위해 기름종이에 고기를 싸고 그 위에 한지를 다시 씌우기까지 했으나, 한빈의 눈을 속일 수는 없었다.

살막에서 정보를 담당하는 것은 월영이라는 것을 미리 알고 있었던 한빈이었다.

　당연히 이곳을 총괄하는 담당이 그녀였다고 예상하고 온 것이다.

　한빈이 천천히 자리를 떠나는데 이번에는 일현이 따라왔다.

　마치 똥 마려운 강아지처럼 쫓아오는 일현의 모습에 한빈이 고개를 갸웃했다.

　"왜 따라오시는 거죠?"

　"저도 궁금한 게 있어서 말입니다, 대협."

　일현이 머리가 땅에 닿도록 포권했다.

　"그게 뭐죠?"

　"그게 말입니다. 저는 돈도 없고 배경도 없고……."

　일현은 신세 한탄을 늘어놓기 시작했다.

　한빈은 그 모습에 어이가 없었다.

　한빈이 원하는 대가를 줄 능력이 없다는 것을 미리 밝히기 위해서였다.

　슬쩍 해를 바라본 한빈이 답했다.

　"시간 없으니 그냥 말씀하시지요. 답해 드릴 수 있는 거면 대가 없이 답해 드리겠습니다."

　"감사합니다, 대협. 제가 물어볼 것은 간단합니다. 처음에 의자에 앉으셨을 때 말입니다. 거기에는 강력한 진법이 설치

되어 있었습니다. 그런데 대협께서는 어떻게 음공의 통제에서 벗어나셨습니까?"

그의 표정은 심각했지만, 한빈은 빙긋 웃었다.

그가 물어보는 의도는 간단했다.

모시는 상관의 비기가 파훼된 것을 그냥 두고 볼 수는 없어서였다.

한빈은 한참을 말없이 일현을 바라봤다.

그러더니 대견하다는 표정을 하며 귀에서 뭔가를 빼냈다.

양쪽 귀에서 빼낸 것은 솜으로 된 귀마개였다.

한빈은 그것을 일현에게 전했다.

"뭐, 이치는 간단하니 연구해 보시죠."

"아."

일현은 입을 떡 벌리며 한빈을 바라봤다.

그는 한빈이 생각보다 더 위대한 영웅일지도 모른다고 생각했다.

누구를 위한 덫인가?

　살막의 본거지에서 나온 한빈은 천천히 저잣거리로 향했다.

　목표가 있는 권력자의 저택으로 가기 위해서였다.

　그러자면 준비가 필요했다.

　한빈이 처음에 간 곳은 도자기를 파는 집이었다.

　한빈은 그곳에서 가장 비싼 도자기를 샀다.

　동쪽의 대국에서 왔다는 청자였다.

　구름과 학이 청자 속에 살아 숨 쉬듯 박혀 있는 명품이었다.

　그 청자는 당문호가 준 두 개의 청자와 무늬와 크기가 똑같은 작품이었다.

한빈은 청자를 산 후 한숨을 내쉬었다.

"휴, 생각보다 비싸군."

"그건 왜 사신 거예요?"

"에이, 설화야. 아직도 나를 몰라?"

"모르다니요?"

"세상에 공짜는 없잖아. 철전 다섯 닢."

"싫어요."

그들은 농담을 주고받으며 다른 가게에 도착했다.

그들이 두 번째로 들른 곳은 비단을 파는 곳이었다.

당문호가 살막에 전한 청자를 비단 보자기에 쌌기에, 이곳에 온 것이었다.

셈을 치른 한빈은 한숨을 내쉬었다.

"휴, 이것도 만만치 않네."

"아, 저 보자기면 당과가 몇 개야!"

설화도 혀를 찼다.

당문호가 준비한 것은 그만큼 비쌌다.

어떻게 보면 보자기와 청자만 해도 청자 안을 가득 채운 은자보다 더 가격이 나갈 수도 있었다.

황금색 비단 보자기 두 개와 청자 두 개를 구입한 한빈은 다시 발길을 옮겼다.

짐을 들쳐 멘 한빈은 어디론가 걸음을 옮겼다.

설화가 물었다.

"이번에는 어디로 가시는 거예요?"

"만금 전장."

말을 마친 한빈은 손가락으로 간판을 가리켰다.

그곳에는 만금 전장이라는 명칭이 선명하게 음각되어 있었다.

지역의 성마다 있는 만금 전장이지만, 칠음현의 특성상 이곳에도 들어서 있었다.

한빈은 그곳에서 금화를 찾았다.

제법 많은 금화였기에 설화는 묻지 않을 수 없었다.

"왜 이렇게 많이 찾으셨어요?"

"놈을 잡으려면 덫이 필요한데, 그게 좀 비싸네."

말을 마친 한빈은 새로 산 청자에 금화를 쏟아 넣었다.

팅. 팅. 팅.

청자와 금화가 묘한 소리를 만들어 내자 한빈은 진득한 미소를 지었다.

이제 돈이 든 청자는 세 개가 되었다.

하나는 한빈이 들고 있고.

두 개는 설화가 들고 있었다.

모든 일을 마친 한빈과 설화는 이제 첫 번째 목표가 있는 저택으로 향했다.

두 개의 짐을 들고 목적지로 향하던 설화가 한빈의 어깨를 톡톡 쳤다.

"왜 그러느냐? 설화야?"

"저도 그건 공짜로 알려 주세요."

"공짜라니? 뭘 말하는지 모르겠다."

"솜으로 귀를 막으면 음공을 차단할 수 있다는 거요."

한빈은 웃음을 겨우 참았다.

계속 비밀이라고 하며 돈을 받으려 하니, 살막에서 일현에게 공짜라고 가르쳐 준 것에 대한 비밀을 자신에게도 똑같이 알려 달라는 것이었다.

설화의 의도는 간단했다.

그게 사실이라면 그것을 빌미로 궁금한 것을 다 물어볼 심산이었던 것이다.

물론 한빈도 이것을 알고 있었다.

"물론 거짓말이지. 그걸 내가 왜 공짜로 가르쳐 줘. 다시 한번 말하지만 세상에 공짜는 없어!"

"아."

설화는 입을 딱 벌렸다.

한빈은 어깨를 으쓱하고는 앞서 나갔다.

물론 한빈의 말은 사실이었다.

솜으로 음공을 막을 수 있다면 강호의 수많은 고수가 그렇게 고민하지는 않았을 것이었다.

한빈이 막을 수 있었던 이유는 금상첨화의 효능을 머리로 보냈기 때문이었다.

미리 준비하고 있었기에 어떤 사술 혹은 음공으로 한빈을 옭아 놓으려 해도 실패했을 것이다.

그렇다고 금상첨화라는 초식을 일현에게 솔직히 말해 줄 수도 없는 일.

미리 준비한 솜으로 간단하게 변명한 것이다.

"아마도 살막에서는 그것을 시험하기 위해 진을 빼고 있을 것이 분명하지."

"설마 했는데, 공자님은……."

"왜? 악당이라고?"

"아뇨, 천재세요."

"고맙다, 설화야. 날 진심으로 알아주는 건 너밖에 없다."

말을 마친 한빈은 조용히 앞서 나갔다.

앞서가는 한빈을 보던 설화는 눈을 끔뻑였다.

사실 천재라고 한 것은 농담이었다.

대신 설화는 가끔 한빈이 낯설게 느껴질 때가 있었다.

모든 면모를 다 봤다고 생각했는데 다시 새로운 모습이 나올 때는 당황하지 않을 수 없었다.

바로 지금처럼.

설화의 눈에 한빈은 가면 갈수록 알 수 없는 사람이었다.

한참을 가던 설화는 자신이 들고 있는 청자를 바라봤다.

두 개의 청자 안에 든 것은 은화였다.

한빈이 들고 있는 청자에는 금화가 들어 있고 말이다.

설화는 왜 한빈이 금화를 들고 있는지 이해가 안 되었다.

계획을 물어보고 싶었다.

하지만 그러면 한빈은 분명히 철전 다섯 닢을 달라고 할 것이다.

철전 다섯 닢이면 당과가 다섯 개였다.

설화는 그 아까운 걸 포기하면서까지 계획을 알고 싶지는 않았다.

"쩝."

설화는 입맛을 다셨다.

오늘따라 단 게 당기는 것이, 꽤 힘들었던 것 같았다.

뒤쪽에서 입맛 다시는 소리를 들은 한빈은 기분 좋은 미소를 지었다.

한빈이 조용히 목소리로 말했다.

"원래 무인은 배가 고파야 하는 법이다, 설화야. 모든 절실함은 배고픔에서 나오는 법이니까."

"아, 공자님!"

설화가 투정 부리듯 한빈을 불렀다.

그렇게 그들은 관도를 걸었다.

터덜터덜 걸어가던 한빈이 멈춘 곳은 멀리 칠음현의 관청이 보이는 곳이었다.

한빈은 힐끔 뒤를 돌아보더니 말했다.

"저곳에서는 아무 말도 하지 말고 따라와라."

"네, 알았어요."

설화가 고개를 숙이자 한빈은 칠음현 관청의 정문을 향해 걸어갔다.

보통 일개 현령에게는 결정권이 그리 많지는 않지만, 칠음현의 현령은 조금 달랐다.

그것은 칠음현에서 걷히는 세금과 많은 유동 인구 때문이었다.

즉, 돈이 힘이고 권력이 되어 버린 것이다.

거기에 뒤로 들어오는 뇌물은 덤이었다.

관리에게 만약에 변두리 성주와 칠음현의 현령 중 고르라고 선택권을 준다면, 백이면 구십구는 칠음현의 현령을 택할 것이었다.

그렇다면 나머지 하나는?

돈이 필요 없는 자일 것이다.

그만큼 칠음현의 현령에게는 들어오는 돈이 많았다.

문 앞에서 정문의 경비가 한빈에게 묻는다.

"어떻게 오셨수?"

떨떠름한 경비의 말에 한빈은 정중한 목소리로 답했다.

"현령 나으리를 뵙고 싶어 왔습니다."

"약속은 하셨수?"

경비는 턱짓하며 한빈과 설화를 위아래로 살폈다.

한빈이 은밀한 목소리로 말했다.

"약속은 천 일 전에 했습니다."

한빈의 말에 경비병이 서책 하나를 꺼냈다.

매의 눈으로 서책을 확인한 경비병이 물었다.

"천 일 전이라면 매화꽃이 필 때였겠군요."

갑자기 목소리가 정중해졌다.

"매화꽃이 아니라 복숭아꽃이 필 때였습니다."

"흠, 약속이 확인됐습니다. 들어가시죠."

경비의 목소리가 확연히 달라졌다.

한빈은 속으로 혀를 찼다. 이제 불청객에서 뇌물을 바칠 고객이 된 것이었다.

거기에 더해 그들의 치밀함에 기가 찼다.

뇌물을 주는데도 이렇게 줄을 서야 한다는 게 황당했다.

거기에 암어까지 주고받아야 한다라?

썩을 대로 썩은 관리의 표본이었다.

암어를 주고받는 이유는 간단했다.

중앙에서 감사의 목적으로 파견하는 관리를 피하기 위해 서였다.

한빈이 아무 표정 없이 기다리자, 이윽고 경비병이 문을 열었다.

한빈은 앞에서 안내하는 경비를 따라 조용히 걸어갔다.

경비가 멈춘 곳은 관청의 구석에 있는 별채였다.

한빈은 별채에 들어서며 눈을 크게 떴다.

평범한 별채가 아니었다.

곳곳에는 불상이 세워져 있었으며 경건한 분위기마저 돌고 있었다.

조금 더 가다 보니 그저 분위기만이 아니라는 것을 알 수 있었다.

환하게 불을 밝힌 전각 안에 사람 크기의 네 배는 되어 보이는 불상이 놓여 있었다.

관청 안에 조그마한 절을 만들어 놓은 것이다.

한빈은 씩 웃었다.

이곳의 현령이 누군지는 몰라도 잔머리가 잘 도는 사람임이 분명했다.

저건 뇌물을 시주로 받겠다는 의미였다.

불당의 앞에 선 경비는 한빈을 보며 작은 목소리로 말했다.

"들어가시지요. 나오실 때는 혼자 오실 수 있겠습니까?"

"물론입니다. 불당에 시주를 전하고 나면 저희가 알아서 나가겠습니다."

"네, 그럼 시주 잘하시고 나오십시오."

경비는 한빈을 향해 포권했다.

처음과는 다른 정중한 태도였다.

역시 고객을 대하는 예우가 남달랐다.

한빈은 황금빛 보자기를 들고 조용히 불당으로 들어갔다.

한빈은 불당으로 가서 아무 말 없이 황금색 보자기를 내려
놨다.

그리고 밀랍으로 봉인된 서찰 하나를 내려놨다.

누군가가 힐끔 보자기와 서찰을 바라봤다.

관복은 입지 않았지만, 얼마나 뻣뻣한지 수염까지 흐느적
거리지 않고 각이 잡혀 있었다.

한빈은 직감적으로 그가 현령이라는 것을 알고 있었다.

한빈이 그에게 전할 말은 없었다.

한빈은 불상에 절을 한 후 조용히 자리에서 일어났다.

그때 뒤에서 현령이 나지막이 말했다.

"당 대인에게 잘 받았다고 전해 주게."

한빈은 뒤돌아서 정중하게 고개를 숙였다.

"네, 전하겠습니다."

한빈이 불당을 빠져나오자, 설화가 물었다.

"일은 다 끝나신 거예요?"

"아니, 아직은 끝나지 않았어."

"네, 안 끝나다니요? 지금 전해 드렸잖아요."

"잠시만."

말을 멈춘 한빈은 손가락으로 숫자를 헤아렸다.

그러고는 씩 웃으며 손을 내밀었다.

"설화야, 이리 줘 봐."

"이거요?"

설화는 은화로 가득 찬 청자가 담긴 보따리를 건넸다.

보따리를 받은 한빈은 재빨리 다시 불당 안으로 들어갔다.

휙.

바람처럼 불당 안으로 뛰어 들어간 한빈은 조용히 다시 나왔다.

설화 앞에 다시 선 한빈이 말했다.

"이제 끝났다, 가자."

한빈은 오른손을 들어 관아의 입구를 가리켰다. 한빈의 나머지 손에는 청자를 싼 보자기가 있었다.

하나를 들고 들어갔다가, 하나를 다시 들고 나왔다.

설화는 무슨 일이 벌어진 건지 알 수 없었지만, 꾹 참기로 했다.

철전 다섯 닢이 아까웠기 때문이다.

"네, 공자님."

설화가 고개를 끄덕이자 한빈은 아무렇지 않게 자리를 떠났다.

한 열 걸음 정도 갔을 때였다.

뒤쪽에서 그릇 깨지는 소리가 들려왔다.

와장창!

그 소리에 설화가 뒤를 돌아보자 한빈이 말했다.

"뒤돌아보지 말고 빨리 가자."

"대체 저건 무슨 일이에요?"

"뭐긴 뭐야, 청자 깨지는 소리지. 아, 저 청자 비싼 건데…… 역시 돈 많은 현령이라 달라."

"돈 많은 건 알겠는데 왜 비싼 청자를 깨요?"

설화가 고개를 갸웃하자 한빈이 검지를 좌우로 흔들었다.

"그건 비밀이야. 나중에 이야기해 줄게."

그때였다.

불당 쪽에서 고함이 울려 퍼졌다.

"네 이놈!"

그 목소리에 한빈의 입꼬리는 더욱 빨리 올라갔다.

그 미소에 설화는 철전 다섯 닢을 주고서라도 물어보기로 했다.

"저 철전 다섯 닢 드릴 테니 지금 무슨 일이 일어난 건지 말씀해 주세요."

"음, 큰 결심을 했구나."

"뜸 들이지 말고 말해 주세요."

"내가 처음에 가지고 간 청자에는 금화가 담겨 있었지?"

"네."

설화는 고개를 끄덕였다.

"아마도 현령은 내가 나가자마자 항아리의 내용물을 확인했을 거야."

여기까지는 설화도 이해했다. 하지만 현령의 분노는 도무
지 이해가 안 되었다.

설화가 다시 물었다.

"그런데요?"

"거기에는 당연히 금화가 들어 있었겠지."

"네."

"나는 다시 들어가서 이렇게 말했다."

"뭐라고 하셨는데요?"

"항아리가 바뀌었다고 했지."

"혁."

설화가 헛숨을 들이켰다.

뭔가 위험한 장면들이 그녀의 머릿속에 그려지기 시작한
것이다.

한빈은 설화의 표정에 아랑곳하지 않고 설명을 이었다.

"뇌물을 받을 만한 인물은 딱 둘. 아마 현령은 금화가 들어
간 항아리는 다른 이에게 간다고 생각하겠지."

"그래도 어쨌든 받은 거잖아요."

"아마 처지를 바꿔서 생각해 보면 쉬울 거야. 누군가가 흑
천과 살막에 동시에 같은 의뢰를 했어."

"그렇다 치고요."

"그런데 흑천에는 황금 열 냥을 대금으로 줬다고 가정해

보자."

"흑천에서는 왕거니를 물었다고 좋아하겠죠."

"그런데 살막에 의뢰한 내용을 알아보니 같은 의뢰인데 황
금 백 냥을 준거지. 흑천의 주인은 이 상황에서 어떻게 할 것
같냐?"

한빈의 질문에 설화의 눈에 살기가 돌았다.

잠시 생각에 잠겼던 설화가 말했다.

"죽일 것 같은데요."

"누굴?"

"의뢰인을요."

머릿속에 장면을 그리던 설화는 자신도 모르게 이를 악물
었다.

한빈이 씩 웃으며 물었다.

"그건 왜지?"

"몸에 난 상처는 참아도 자존심에 상처 난 건 못 참는 사람
이거든요. 저도 그렇고요."

말을 마친 설화의 눈매가 더욱 가늘어졌다.

누군가와 비교당하는 것.

그것도 모자라 한참 무시당하는 건 설화도 참을 수 없었
다.

그 모습에 한빈이 말했다.

"이제 이해를 한 것 같구나."

"네, 대충 이해는 했어요. 무시당했다고 생각하니 화살이 뇌물을 준 자에게 향할 거란 말씀이시잖아요. 그런데 그 정도로 자존심이 셀까요? 관리들은 장사꾼과 다를 바가 없잖아요. 장사꾼에게 자존심이 있을까요?"

설화는 고개를 갸웃했다.

그 모습에 한빈이 웃었다.

"네 말도 맞지만 네가 모르는 게 있어."

"그게 뭔데요?"

"관리는 그냥 장사꾼이 아니고 콧대 높은 장사꾼이지. 아마도 이곳의 현령은 흑천의 주인보다 자존심이 더 셀 것이 분명해."

"흠, 이제는 확실하게 이해가 돼요. 관리의 자존심을 이용해서 이간계를 쓰신 거네요. 그러려면 정보를 알아야 하니 살막도 회유하신 거고. 뭔가 머리가 맑아지는 기분이에요."

"다행이구나."

"철전 다섯 닢이 아깝지 않은 강의였어요. 헤헤."

설화는 해맑게 웃으며 뒤를 돌아봤다.

그것도 잠시, 한빈의 손에 든 청자 보따리를 가리키며 물었다.

"그럼 나머지 금화는 진짜 주려고 하시는 거예요?"

"내가 어떻게 할 것 같니? 설화야."

"남은 한 명에게도 똑같은 짓을 했다가는 들통이 날 것 같은데요."

"아마 들통날 일은 없을 거야."

"왜요?"

"나머지 한 명은 자존심이 더 세거든. 아마 무덤에 들어가기 전까지 자신이 무시받았다는 걸 누구에게도 말하지 않을 것이 분명하지. 지금 청자를 깬 현령도 마찬가지고."

"아, 그렇다면 이제 안심해도 되는 건가요?"

"아직 하나가 남았으니 마저 처리해야지."

말을 마친 한빈은 기분 좋게 관청을 빠져나왔다.

설화는 궁금했지만 일단 참기로 했다.

한빈이 다음에 향한 곳은 동창의 칠음현 지부였다.

동창이란 환관들의 집단.

중앙 정치의 한 축으로 자리 잡고 있는 그들이었다.

당문호가 보낸 남은 하나를 전달할 곳이 바로 그곳이었다.

그곳은 칠음현의 관청보다도 규모가 컸다.

그도 그럴 것이, 하남과 호남에 포진한 동창의 세력이 집중되어 있는 곳이었다.

그 세력에 비례해서 병권까지 쥐고 있는 집단이 바로 동창의 칠음현 지부였다.

하지만 관청에 들어갈 때와는 달리, 간단히 전언을 전하고 들어갈 수 있었다.

동창의 세력이 그만큼 컸다는 것이었다.

중앙의 권력과 병권이 있는데 다른 이들의 시선을 의식할 필요는 없었다.

죄목은 힘없는 자에게만 해당되는 단어이니 말이다.

경비병은 아무 거리낌 없이 한빈을 안내했다.

책임자를 만나기 위해 들어간 지 얼마 안 되어, 한빈은 동창의 칠음현 지부에서 나왔다.

설화는 고개를 갸웃했다.

고함이 관청에서의 일과 판박이였기 때문이다.

하지만 묘하게 청자 깨지는 소리는 들리지 않았다.

동창의 칠음현 지부에서 빠져나온 설화는 자신의 손을 바라봤다.

설화의 오른손에는 아직 하나의 청자가 남아 있었다.

설화가 고개를 갸웃하며 물었다.

"이건 어떻게 하시려고요?"

"뭐 하긴 뭐 해? 그걸로 당과하고 찹쌀떡 사야지."

"네?"

설화는 입을 떡 벌렸다.

청자에 담겨 있는 금화로 당과를 산다는 것이 이해가 안 되어서였다.

하지만 얼마 안 되어서 그 뜻을 알았다.

금화는 다시 만금 전장에 넣어 놨다.

일을 마친 둘은 만금 전장에서 다시 나왔다. 설화는 아쉬운 듯 뒤를 돌아봤다.

당과가 아른거렸기 때문이었다.

아쉬움에 입을 벌리고 있는 설화에게 한빈이 말했다.

"이거 받아."

휙!

날아오는 것은 번쩍이는 금화였다.

재빨리 금화를 낚아챈 설화는 멍하니 한빈을 바라봤다.

"이게 뭐예요?"

"당과하고 찰쌀떡값. 오늘 수고했어."

"아, 공자님……."

"담아 갈 데 없으면 청자에 넣어서 가져가."

"청자에요?"

"당과 꼬치 꽂기에는 딱이잖아."

"그래도 이렇게 비싼 거에……."

"에이, 누구는 한 치의 망설임도 없이 깨는데 뭐."

한빈이 씩 웃었다.

이 웃음은 하루를 마무리하는 웃음이었다.

한빈이 깨려 한 것은 청자가 아니었다.

당문호와 그들 간의 신뢰였다.

⁕

다음 날 점심.

당기명이 다급하게 한빈을 찾았다.

"한빈 의원님!"

당기명은 습관처럼 한빈을 의원이라 불렀다.

한빈이 진득한 미소로 답했다.

"당 공자, 드디어 소식이 왔습니까?"

"어떻게 아셨습니까?"

"칠음현에서 곧 열릴 행사에 초대받았습니다."

"그 행사가 아마 연등회겠지요?"

"네, 맞습니다. 그런데 어떻게 아셨습니까?"

"이때쯤에 열리는 칠음현의 연등회를 모르면 타국에서 넘
어온 첩자로 오해받겠지요."

그 말은 사실이었다.

보통 연등회는 춘절과 맞춰 행해지는데, 칠음현의 행사와
는 조금 달랐다.

다가오는 여름을 무사히 보내기 위해 기원을 드리는 행사
였다.

춘절에 버금가는 행사이기에 오죽하면 칠음현에는 춘절이

두 번 있다는 말이 있었다.

사실, 춘절의 연등회보다도 지금 시기에 열리는 연등회가 더욱 화려했다.

삼십 년 전 이곳에 부임해 왔던 현령은 동쪽에 있는 해동성국에 사신으로 다녀온 적이 있는 관리였다.

그는 해동성국의 연등회를 보고 감명받아 춘철에는 중원식으로.

오월을 앞둔 지금 시기에는 해동성국식의 연등회를 개회했던 것이다.

덕분에 해동성국식의 연등회는 칠음현의 명물로 자리 잡게 되었다.

당기명도 고개를 끄덕였다.

"그 말씀도 맞습니다. 그 행사에는 하남성주와 호남 성주를 비롯한 각계각층의 고관대작들이 모인다고 합니다."

"그렇겠지요. 민간이 아닌 관에서 주관하는 행사이지 않습니까?"

"네, 그렇습니다. 행사를 위해서 다른 곳의 황실 출신의 명의도 다수 고용되었다고 합니다. 그런데 죄송하다는 말씀을 드려야 될 것 같습니다."

"그게 무슨 말씀이신지요?"

"이번 연등회는 황실의 인사들도 참석하는 바람에 초대받지 않은 인원은 출입이 불가능하다고 통보를 받았습니다. 지난번 그 약속은 지킬 수 없을 것 같습니다. 다녀와서 자세한 이야기를 전해 드리겠습니다."

"그럼 사천당가 사람만 참석할 수 있다는 말씀이시죠?"

"여기 있는 사천당가 사람 전체가 아니라 저와 당독대만이 초대를 받았습니다."

"그렇다면 저는 따로 참석해야겠군요."

"그게 무슨 말씀입니까? 초대장 없으면 갈 수 없는 곳인데……. 혹시 몰래 잠입하시려는 건 아시겠죠?"

"개구멍을 노릴 만큼 한가하지는 않습니다. 당연히 초대장을 들고 들어가야겠지요."

"헉, 그게 정말입니까?"

"네, 곧 손에 들어올 예정입니다."

"저도 당문호 숙부를 통해서 겨우 두 장을 얻었는데, 공자님, 아니 의원님은 어떻게 초대장을 받으셨습니까?"

"그건 나중에 말씀드리겠습니다."

한빈이 살짝 고개를 숙이자 당기명은 조용히 한빈을 바라보다 포기했다는 듯 웃으며 말을 이었다.

"그럼 저는 행사 참석을 위해 이만 가 보겠습니다."

"네, 그럼 저도 준비하겠습니다."

"그럼 이만……."

당기명이 한빈의 방에서 나가자 옆에 있던 설화가 말했다.

"공자님, 무슨 준비를 해야 해요? 미리 말씀해 주세요."

"밤에 바쁠 것 같으니 미리 자 둬야지."

"네?"

"느낌에 오늘은 긴 밤이 될 것 같아. 그러니 설화 너도 자 둬라."

"저도 가는 거예요?"

"그럼 안 가려고?"

"아까 초대받은 사람만 갈 수 있다고 했잖아요."

"나도 초대받았어. 아니 초대장을 얻을 예정이지."

"네? 어떻게요?"

설화가 눈을 가늘게 뜨며 한빈을 바라봤다. 그도 그럴 것이 한빈이 따로 손을 쓸 틈이 전혀 없었다.

어제는 살막과 한판 붙은 후 해가 지고서는 두 곳에 청자를 선물하는 임무를 마쳤다.

그게 선물인지 덫인지는 모르겠지만 말이다.

이후 이곳으로 돌아온 지 몇 시진이 안 지났다.

그런데 초대장을 받을 예정이라고?

도저히 이해가 안 되는 상황이었다.

설화가 눈동자를 이리저리 굴리며 해답을 찾기 위해 노력할 때였다.

덜컹.

문이 열리고 커다란 덩치의 악비광이 숨을 몰아쉬며 달려왔다.

"형님, 구했습니다. 딱 네 장입니다."

"비광아, 정말 수고했다."

"여기 있습니다."

"응? 왜 세 장이지?"

"한 장은 제 것이니 제가 가지고 있겠습니다."

악비광은 붉은색 봉투 하나를 자신의 품속에 게 눈 감추듯 집어넣었다.

마치 빼앗길 것을 알고 있다는 듯.

옆에서 보고 있던 설화는 악비광의 표정에는 아랑곳하지 않고 물었다.

"악 아저씨, 그게 뭐예요?"

"연등회 행사 초대장이다."

"네?"

고개를 갸웃한 설화는 한빈을 바라봤다.

그 눈빛을 이해한 한빈이 설명을 시작했다.

"설화야, 산동의 악씨 가문에 대해서 아느냐?"

"악가의 악룡비참을 모르는 무인이 있나요?"

"그게 아니라 나라의 입장에서 말이다."

"구국에 충정을 바친 가문이요?"

설화의 말에 악비광이 어깨를 활짝 폈다.

"오호, 설화가 똑똑하구나!"

악비광이 흥분하자 한빈이 손바닥을 보이며 진정시켰다.

설화의 말은 사실이었다.

산동악가와 하북팽가 그리고 신창양가의 공통점이 무엇일까?

셋 다 나라가 어려울 때면 몸을 아끼지 않고 전면에 나선다는 점이었다.

덕분에 그들은 모두 강북에 위치하고 있었다.

사실 하북팽가와 산동악가는 본래 강남에서 파생된 무림세가였다.

하지만 타국의 침략이 있을 때마다 전면에 나서다 보니, 자연스럽게 북방에 자리 잡게 된 것이었다.

산서에 있는 신창양가의 경우, 본래 강북에 자리 잡은 무림세가였다.

그런 이유로 산동악가의 대공자인 악비광은 초대장을 쉽게 얻을 수 있었던 것이다.

물론 한빈이 신분을 밝히고 나선다면 초대장을 구하지 못할 일은 없었겠지만, 지금은 신분을 숨기고 있는 상태였기에 악비광에게 적당한 일거리를 넘겨준 것이었다.

설화의 말 때문에 흥분한 악비광을 보다가 한빈이 말을 이었다.

"그래, 산동악가의 배경이면 관에서 주최하는 연등회 행사의 초대장 정도야 식은 죽 먹기지. 거기에 악비광이라는 이름을 못 들어 본 이는 없을 테고 말이야."

한빈은 말을 맺지 못했다. 옆에 있던 악비광이 얼굴이 벌게진 채 헛기침을 했기 때문이다.

"흠."

"비광아, 표정이 왜 그래?"

"형님이 그렇게 칭찬하시니 갑자기 소름이 돋아서 말입니다."

"칭찬이 아니라 사실이지. 그리고 지금 말한 것은 너에 대한 것뿐 아니라 산동악가의 역사에 대한 것이다. 우리도 그렇고 악가도, 그리고 신창양가도 합당한 보상을 받아야 하는 게 맞지. 거래는 거래니까."

"앗, 그것도 거래입니까?"

"당연히 거래지. 희생을 나라에서 모른다면 토사구팽하는 사냥꾼과 다름이 없는 거지."

"뭔가 감동이 사라지는 느낌입니다, 형님."

악비광이 어깨를 으쓱했다.

나라를 위한 희생마저도 거래라 하는 한빈의 말에 반박할 수 없었다.

그때 한빈이 진지한 표정으로 말을 이었다.

"마음대로 생각해도 좋은데, 오늘 연등회에 참석하려면 꼭 지켜야 할 것이 있다."

"그게 뭡니까?"

"무슨 일이 있어도 나서지 말아라. 그리고 낯선 이를 조심해라."

"제가 어린애도 아니고 낯선 사람을 조심하다니요? 상대
가 저를 조심해야죠."

악비광의 말에 설화가 작게 고개를 끄덕였다.

한빈은 더는 말하지 않았다.

강호에 나왔으면 자신의 목숨은 알아서 챙겨야 하는 법이
니 말이다.

한빈은 자신이 말한 대로 그날 오후가 되어서야 자리에서
일어났다.

대충 소면으로 끼니를 때운 한빈 일행은 객잔을 나와 저잣
거리를 거닐기 시작했다.

한빈은 이전과 마찬가지로 다시 의원의 복장으로 갈아입
었다.

설화와 청화도 그에 맞춰 의녀의 복장을 했다.

한빈은 약재상과 장신구를 파는 가게를 들러 필요한 물건
을 샀다.

설화는 전날과는 달리 한빈이 고르는 물건에 대해서 어떤
질문도 하지 않았다.

한빈의 모든 것을 배우겠다는 듯 눈을 크게 뜨고 지켜볼

뿐이었다.

마치 서당에서 훈장을 바라보는 아이 같았다.

모든 준비를 마친 그들은 연등회가 열리는 곳으로 향했다.

연등회가 열리는 곳은 칠음현의 칠경 중 하나라는 칠음강 이었다.

물살이 셀 때면 칠현금 소리가 난다고 해서 붙여진 이름인데, 폭은 성인 걸음으로 백 보나 되어서 배도 띄울 수 있을 정도의 강이었다.

모든 준비를 마친 한빈은 설화와 청화를 데리고 행사장 입구로 걸어갔다.

한빈 일행이 행사가 열리는 칠현강의 입구에 도착하자, 경비병이 매의 눈으로 바라봤다.

경비병의 시선을 마주한 한빈은 어깨를 으쓱하고는 그에게 다가갔다.

마치 어쩌라고 하며 외치는 것처럼 미소를 짓고 말이다.

그도 그럴 것이, 한빈은 의원들이 들고 다니는 침통을 들고 있었고 설화와 청화는 각각 당과와 찹쌀떡을 오물거리고 있었다.

누가 봐도 의원이 의녀를 데리고 나온 것처럼 보였다.

매의 눈으로 바라본다는 것은 누군가의 지시가 있었다는 것이다.

한빈이 경비병 앞에 서자, 두 경비병은 창을 교차하며 막아섰다.

"멈추시오!"

목소리가 마치 적을 대하는 것처럼 날이 서 있었다.

그 외침을 끝으로 경비병이 아무 말도 하지 않자 한빈이 물었다.

"초대장을 보여 드릴까요?"

한빈이 손을 품속에 넣자 경비병은 턱짓으로 옆쪽을 가리켰다.

그들은 마치 모든 권력을 손에 쥔 것처럼 행동하고 있었다.

한빈은 아무렇지 않게 고개를 돌렸다.

그곳에는 초대장을 검사하는 관리가 앉아 있었다.

관모를 보니 제법 품계가 높은 관리였다.

그는 팔짱을 낀 채 한빈에게는 눈길도 주지 않았다.

아마 경비병들의 날 선 목소리는 저자 때문인 것 같았다.

저 관리가 이곳의 책임자가 분명했다.

마치 오늘 연등회 행사만큼은 자신이 권력을 쥐고 있다는 듯, 눈길도 주지 않는 그들의 행동. 한빈은 어이가 없었다.

"험."

한빈이 기침했지만, 관리는 변함없이 책장을 넘기고 있었다.

옆에 그를 보던 설화는 콧김을 내뿜었다.

표정만 보면 언제든 돌진할 준비가 된 들소 같았다.

초대장을 검사하기 위해 자리에 앉아 있는 자가 저렇게 딴 짓을 한다는 것이 이해가 되지 않았던 것이다.

설화가 화를 참고 있을 때, 한빈이 그 관리의 앞에 갔다.

"초대장이라면 여기……."

관리는 그제야 고개를 들었다.

"잠시 기다리게."

한빈의 복장을 보더니 바로 하대하는 관리.

그 모습에도 한빈은 아무렇지 않게 다시 물었다.

"무슨 일이라도 있습니까?"

"보면 모르겠나? 지금 내가 뭘 하고 있나? 서책을 읽고 있 지 않은가?"

"……."

한빈은 옆을 힐끔 바라봤다.

옆쪽에 있는 설화는 얼굴이 벌게져 있었다.

그 모습에 한빈이 웃었다.

대충 예상한 일이었다. 뇌물을 밝히는 현령과 동창의 지부를 봤을 때, 아랫물이 맑을 리는 만무했다.

설화도 모를 리가 없었다. 하지만 막상 이런 대우를 받자 화를 못 이기는 것 같았다.

그리고 보면 설화도 많이 변한 것 같았다.

살수일 때의 설화라면 이렇게 감정을 보일까?

피식 웃은 한빈이 설화에게 눈짓했다.

가만히 있으라는 신호였다.

얼마나 지났을까? 묵묵히 책장을 넘기던 관리가 서책을 덮었다.

탁.

한빈이 다시 품속에 손을 넣자 관리가 기다렸다는 듯 말했다.

"허허, 성질이 왜 그렇게 급한가? 서책을 다 읽었으니 차한 잔 마실 시간은 있어야 하지 않는가?"

"아, 네 그러셔야죠."

"흠, 이해해 주니 고맙네. 다리 아플 텐데 저쪽 갈대밭에라도 가서 앉아 있든지."

"신경 써 주셔서 감사합니다, 대인."

한빈은 깍듯이 고개를 숙였다.

그 모습에 설화는 얼굴이 벌게지다 못해 폭발하듯 달아올랐다.

품속에 손을 넣은 것으로 봐서 우혈랑검을 찾고 있는 것이 분명했다.

한빈과 청화는 설화를 끌고 잠시 자리를 벗어났다.

"진정해라, 설화야."

"저, 저놈이 공자님을 모욕하다니 참을 수 없어요. 오늘 밤에 저놈의 목을 따 올게요."

얼굴이 벌게진 설화는 목을 따겠다는 소리를 당과를 사 오겠다는 것처럼 편하게 내뱉었다.

그 모습에 한빈이 피식 웃었다.

설화는 날이 선 목소리로 말했다.

"공자님, 저걸 그냥 놔두면 안 돼요. 태어나서 죽을 고비를 수없이 넘겼지만, 오늘처럼 피가 솟구치는 것은 처음이에요."

"저도 그래요."

청화도 맞장구쳤다.

한빈은 아무렇지 않게 멀리 떨어진 관리를 바라봤다.

그사이, 연등회에 참석하기 위해 온 사람들이 입구를 계속 통과했다.

그것을 본 설화가 검지로 관리를 가리켰다.

"저, 저것 보세요. 공자님. 저놈이 뒷돈을 받고 있네요."

"다 먹고살자고 하는 일인데 뭐 어때?"

"우리가 당했잖아요, 공자님."

"그럼 죽일까?"

"당연히 죽여야죠."

"우리 설화가 아무래도 당과를 덜 먹은 것 같구나. 일단 이거 먹고 마음을 가라앉히자."

한빈은 짐 속에서 미리 사 놓은 당과를 꺼냈다.

"자, 여기."

당과를 건네자 설화가 눈을 빛내며 못 이기는 척 손을 내밀었다.

"저는요?"

청화도 눈을 반짝이며 한빈에게 공손히 두 손을 내밀었다.

한빈이 그럴 줄 알았다는 듯 짐 속에서 청화의 간식을 꺼냈다.

한빈은 간식을 건네며 물었다.

"너도 저자가 죽어야 한다고 생각하니?"

"저는 저 정도로 목숨을 잃는 것은 좀⋯⋯."

청화가 말끝을 흐리자 한빈이 말했다.

"그럼 너희 둘의 승부로 저자의 운명을 결정하는 게 좋겠다."

진득한 미소를 번쩍이는 한빈의 모습에, 당과를 먹던 설화는 살짝 뒤로 물러났다.

살기는 아니었지만, 가끔 느끼는 이런 끈적함은 거미가 먹이를 잡기 위해 거미줄을 치는 느낌이었다.

사실 설화가 이런 느낌을 갖는 것은 한빈을 너무 잘 알기 때문이었다.

한빈은 품속에서 뭔가를 꺼냈다.

그것은 철전.

한빈은 철전을 하늘 높이 날렸다.

그냥 날린 것이 아니라 내공을 실어서 던졌는지 위로 솟구친 철전은 맹렬하게 회전했다.

윙.

마치 파리가 날갯짓하는 듯한 진동음을 내던 철전이 아래로 떨어지자, 한빈은 재빨리 낚아챘다.

그러고는 왼쪽 손등 위에 탁 올려놓고는 물었다.

"설화부터 말해 봐라."

"뭘 말해요? 공자님."

"앞면인지, 뒷면인지?"

"아……. 저는 그럼 앞면이요."

"그럼 청화는 뒷면이겠구나."

"에, 저는 왜 기회도 없어요?"

"너도 웬만큼 강호를 알 테니 하는 말이지만, 원래 강호는 짬밥 순이란다. 청화야."

"아."

청화가 입을 벌릴 때 한빈이 손등에 있는 철전을 보여 줬다.

그곳에는 문양 대신 숫자 일(一)이 쓰여 있었다.

한빈이 말했다.

"뒷면이구나. 청화의 승리다."

"아, 공자님, 숫자가 앞면 아니에요?"

설화가 고개를 갸웃하자 한빈은 진득한 웃음을 지었다.

동전의 앞면이 숫자냐 문양이냐 하는 점은 오래전부터 강호에서 회자되던 논란이었다.

이 논란을 잠식시킨 것은 몇 년 후 무당파에서 이루어질, 천하논검 때 있을 태극검선의 해석이었다.

한빈은 그의 이야기를 미리 설화에게 전해 줄 터였다. 씩 웃은 한빈이 말했다.

"숫자가 쓰여 있는 곳이 뒷면이다."

"그건 왜 그렇죠?"

"설화야, 잘 생각해 봐라. 너 같으면 숫자를 새길 때 말이다. 얼굴에 새기겠느냐? 아니면 뒤통수에 새기겠느냐?"

"동전하고 사람하고 어떻게 똑같아요?"

"모든 사물에는 특유의 기운이 있는 법이다. 그 기운은 인간의 생명과 그리 다르지 않은 법이다."

"……."

설화를 아무 말도 할 수 없었다.

한빈의 논리에는 허점이 없었기 때문이었다.

말을 마친 한빈은 슬쩍 고개를 돌려 서쪽을 바라봤다.

무당파가 있는 곳이었다.

한빈의 말에 설화는 답하지 못했다.

문양은 동전에 있어서 얼굴이 분명했다.

그리고 숫자를 얼굴에 새긴다라?

그게 사람이라면?

상상만 해도 끔찍했다.

그때 한빈이 말했다.

"저 관리는 운이 좋구나. 반만 죽게 생겼으니……."

"지금 반쯤 죽여 놓으시려고요?"

"저놈을 주사위로 만들어야지."

"주사위라니요?"

"도박에서 승부를 내자면 주사위가 있는 게 당연한 법. 저놈은 오늘 판의 주사위가 될 거니, 이제 미워하는 마음은 버려도 좋다."

"헤헤, 정말이죠?"

설화는 약속이라도 받아 내려는 듯 새끼손가락을 내밀었다.

하지만 한빈은 새끼손가락을 걸어 주지는 않았다.

누군가 한빈의 쪽으로 걸어왔기 때문이다.

"엄마, 다른 사람은 들어가는데, 왜 우리보고는 기다리래요?"

"다 들어가고 나중에 들여보내 주려는 것 같으니 여기서 좀 쉬자."

가만 보니 그들은 연등회를 구경 온 가족이었다

평범해 보이는 가족이었지만, 그들이 쫓겨난 이유는 불 보듯 훤했다.

그들이 가까이 오자 한빈은 옷을 툭툭 털고 자리에서 일어났다.

그들에게 다가간 한빈은 아이의 부모로 보이는 남자에게 말을 걸었다.

"여기서 이러지 말고 같이 들어가시죠."

"아, 저희는 늦게 들어가도 괜찮습니다. 그러니까……."

그가 작게 속삭이려 하자, 한빈이 말을 끊었다.

"기다리시려면 기다려도 좋지만, 지금 들어가고 싶다면 나를 따르시지요."

"네?"

그가 고개를 갸웃하자 한빈은 더는 권하지 않고 휘적휘적 관리를 향해 걸어갔다.

관리 앞에 간 한빈은 다시 말했다.

"이제 보여 드려도……."

"허허, 성질이 왜 그렇게 급한가? 내 차를 마저 마시고 나서 부를 테니 편하게 저쪽에 앉아 있으라니까."

"아, 죄송합니다. 대인."

한빈은 조용히 포권하고 돌아섰다.

그때 한빈의 품속에 있던 초대장이 떨어졌다.

펄렁.

나비처럼 펄럭이던 초대장이 관리의 앞으로 떨어졌다.

물론 한빈의 백발백중 수법이 작용한 것이었다.

관리는 못마땅한 듯 초대장을 집어 들었다.

초대장을 집어 들고 한빈을 부르려던 관리의 얼굴빛이 바꿰었다.

"이, 이건······."

관리가 말을 맺지 못할 때 한빈이 앞에 나타났다.

"왜 그러십니까, 대인?"

"이건 황실에서 발급한 초대장이 아닙니까? 대체 누구시
길래······."

"그냥 떠돌이 의원일 뿐입니다. 개의치 마시죠."

"죄, 죄송합니다. 진작 보여 주셨으면 제가 나으리를 모셨
을 텐데······. 몰라뵈어서 죄송할 따름입니다."

관리의 입술을 타들어 갔다.

한빈이 보여 준 초대장의 색은 붉은색.

아래에 찍혀 있는 인장마저도 황실의 것이 분명했다.

의원들이 발급받은 초대장은 대부분 청색이었다.

그런데 붉은색이라니?

황실과 끈이 있는 의원이거나 아니면 왕족의 전속 의원이
라는 이야기였다.

관리가 방심한 것은 사실이었다.

붉은색 초대장을 내밀 만한 의원은 모두 왕족들과 함께 들
어갔을 테니 말이다.

거기에 한빈의 복장은 먼저 들어간 의원들과는 달랐다.

동네 의원 같은 분위기를 풍겼기에, 한빈이 황실과 연이
있으리라고는 상상도 못 했던 것이다.

관리의 멍한 표정에 한빈은 손을 내저었다.

"허허, 갑자기 그렇게 나오시니 제가 더 몸 둘 바를 모르겠습니다."

한빈의 너스레에 옆에 있던 설화는 겨우 웃음을 참았다.

대충 어떻게 된 일인지 설화도 알고 있었다.

설화도 사실 기가 찰 따름이었다.

보여 줄 기회도 주지 않아 놓고 진작에 보여 주질 그랬냐고 하는 관리의 모습에 어이가 없었다.

하지만 한빈은 편안히 대화를 이어 갔다.

"그럼 들어가 봐도 되겠습니까?"

"그럼요, 당연히 들어가셔도 되죠."

"아까 보니 입장료를 내야 하는 것 같던데……."

한빈이 입구 쪽을 가리키며 말하자 관리는 재빨리 손을 내저었다.

"아닙니다. 입장료가 웬 말입니까?"

"그래도 서운하니……."

말끝을 흐린 한빈은 관리의 손에 철전을 쥐여 주었다.

"아닙니다. 됐습니다, 나으리."

다시 돌려주려는 관리의 손을 한빈은 꼭 잡았다.

한빈이 손을 덥석 잡자 관리는 어쩔 줄 몰라 했다.

"저 갑자기 이게 무슨……."

"적어서 그렇습니까?"

한빈이 진득한 웃음을 짓자, 관리는 멍하니 입을 열었다.

"그게 아니라……."

"그럼 넣어 두시지요."

한빈은 그제야 그를 잡고 있던 손을 풀었다.

그러고는 계속 말을 이었다.

"뒤에 있는 분들도 같이 가도 될까요?"

한빈은 뒤를 힐끔 돌아봤다. 그곳에는 아까 입구에서 쫓겨
난 가족이 있었다.

그들을 바라본 관리는 재빨리 고개를 숙였다.

"허, 그럼 당연하지요."

관리의 말에 한빈은 뒤를 돌아보고 말했다.

"같이 들어가시죠."

아까 관리에게 쫓겨났던 가족들은 혹시 몰라 조심스럽게
한빈의 뒤에서 지금의 광경을 지켜보고 있었다.

아이의 손을 잡은 남자가 허리를 굽히며 말했다.

"감사합니다, 대인."

"대인은 아니고 일개 의원일 뿐입니다."

말을 마친 한빈이 입구로 가자, 경비병 중 하나가 창을 옆
에 세워 두고 튀어나왔다.

"제가 모시겠습니다, 나으리."

"네, 그럼 수고해 주십시오."

한빈은 정중하게 고개를 숙였다.

한빈은 안내해 준 경비병에게 살짝 눈인사를 건넨 뒤 손짓했다.

이제는 그만 가도 좋다는 표시였다.

"그럼 즐거운 시간 되십시오, 나으리."

경비병은 꽁무니가 빠지게 돌아갔다.

몇 걸음 걸어가자 설화가 한빈의 소매를 잡아당겼다.

"저기 보세요."

설화가 가리킨 곳에는 입구를 통과한 사람들이 자리를 잡고 있었다.

그들은 더위를 몰아내려는 듯 초대장을 부채 삼아 흔들고 있었다.

그 광경을 본 설화가 탄성을 흘렸다.

"자리까지 나누어져 있었네."

다른 이들이 가지고 있는 초대장의 색이 달랐던 것이다.

그들이 가지고 있는 것은 청색.

한빈과 설화가 가지고 있는 것은 붉은색이었다.

설화는 왜 그렇게 관리가 당황했는지 확실히 알 수 있었다.

신분에 따라 자리의 위치도 달라졌다.

한빈은 조용히 고개를 끄덕였다.

뭐, 여기까지는 한빈의 예상에서 벗어나지 않았다.

한빈은 눈매를 좁혔다.

첫 번째 준비는 관리를 통해 안배해 놨고 이제부터는 차례

차례 준비하면 끝이었다.

한빈이 잠시 상념에 잠겨 있을 때, 청화가 공중에 달려 있는 연등을 가리켰다.

"저런 등은 처음 봐요."

한빈도 고개를 들어 하늘을 바라봤다.

공중에는 작은 등이 수를 놓고 있었다.

한빈은 청화가 놀란 이유를 알 것 같았다.

바로 등의 모양 때문일 것이다.

춘절의 연등회가 화려하다면, 이곳 칠음현의 연등들은 소박했다. 소박한 하나하나의 연등은 작은 점을 만들었다.

작은 점들이 하나로 이어져 선을 만들어 놓은 것 같았다.

화려함보다는 차분함에 중점을 뒀다고 할까?

어라?

가만히 보니 점들이 모여 하나의 글자를 만들어 내고 있었다.

그것은 복(福).

옆을 힐끔 보니 그곳에는 다른 글자가 써 있다.

희(喜).

하나하나가 글자를 만들다니!

사람의 마음을 사로잡는 연등회 행사였다.

역시 해동성국의 연등 제조 기술은 중원을 앞지르고 있었다.

한빈도 이 순간만큼은 조용히 연등을 감상했다.

뭐, 전생에도 관이 주최하는 행사에 갈 일이 없었으니 한빈도 이런 자리는 생소했다.

잠시 상념을 잊은 채 연등을 바라보던 한빈의 눈빛이 달라졌다.

이제부터는 일을 해야 할 때였다.

분주히 주변을 둘러보던 한빈은 조용히 당기명이 있는 곳으로 향했다.

당기명은 당문호의 옆에 앉아 각지에서 온 의원들을 소개받고 있었다.

과연 그들이 사천당가 가주가 앓고 있는 병의 이름이라도 알 수 있을까?

아마 알 수 없을 것이다.

사천당가 가주의 중독을 밝혀낼 사람이 있다면 천하제일이라 칭해도 될 터였다.

당문호와 당기명은 청색 자리에 앉아 있다가 황색 자리에 앉아 황족과 황실 의원에게 인사하기 위해 자리를 옮겼다.

그렇다면?

당문호의 계획은 무엇일까?

한빈은 일단 시선을 돌렸다.

신경을 끊은 듯 다시 연등을 바라보는 한빈.

하지만 당문호와 주변의 기척을 살피는 것은 소홀히 하지 않았다.

그때 한빈의 곁에 커다란 그림자가 드리웠다.

힐끔 고개를 돌리니 악비광이 덩치에 걸맞지 않게 해맑게 웃고 있었다.

"저만 빼고 왜 먼저 가셨습니까?"

"바쁜 거 같길래 먼저 왔지. 그런데 대체 이 초대장은 어디서 얻은 건데 경비병들이 저렇게 쩔쩔매는 거지?"

한빈이 모른 척 물었다.

황실에서 발행한 초대장이라는 것을 알긴 해도, 어디서 구했는지에 대한 구체적인 사실은 알지 못했다.

악비광은 어깨에 힘을 팍 넣고 입을 열었다.

"저희 가문이 황실에 끈이 좀 있습니다."

"황실에 끈이 있다고?"

한빈이 눈매를 좁히자 악비광이 가슴을 탁탁 치며 말을 이었다.

"저희 가문이 좀 그렇지 않습니까?"

"대체 그 끈이 누구길래 그래?"

"그건 비밀……."

악비광이 복수하듯 한빈이 평소 내뱉던 말을 뱉으려 하자 한빈이 주먹을 쥐었다.

뚝. 뚝.

손가락 관절이 내는 소리에 악비광은 재빨리 말을 바꿨다.

"비밀이 어디 있습니까? 형님께는 더욱 그렇죠. 맞지, 설화야?"

실로 놀라운 태세 전환이었다.

"그건 그렇죠."

옆에서 듣고 있던 설화가 시큰둥한 표정으로 고개를 끄덕였다.

한빈은 아무 표정 없이 웃고만 있었다.

악비광은 재빨리 말을 이었다.

"솔직히 말씀드리면 황실에 척이 있습니다."

"오호."

"더 구체적으로 말씀드리면……."

"됐어, 거기까지. 그건 악가의 비밀 비슷한 거잖아. 거기까지는 알 필요가 없지."

"역시 형님은 시원하시네요."

악비광은 한시름 덜었다는 듯 웃었다.

"무릇 사내란 맺고 끊는 게 정확해야 하는 법이지……."

한빈은 말끝을 흐리며 주위를 둘러봤다.

악비광의 친척이 누구인지 알 것 같았기 때문이었다.

물론 전생의 기억에서 끄집어 낸 정보였다.

뭐, 황실에서도 참석하는 연등회라 했으니 이 우연이 이상하지는 않았다.

그리고 초대장의 색도, 좌석도 확실히 구분되었다.

황실이나 고관대작이 초청한 사람은 붉은색이고 다른 이가 초대한 사람은 청색이었다.

가장 상석은 여기서 조금 떨어져 있는 황금색 의자였다.

황금색 의자에 앉아 있는 사람들은 초대장 없이 들어온 이들이었을 것이다.

황족이나 왕족들에게는 초대장이라는 것이 필요 없었을 테니까.

중간이 파란색 초대장을 받은 사람.

그리고 이곳이 붉은색 초대장을 받은 사람이었다.

그때 한빈이 눈매를 좁혔다.

당문호가 움직이기 시작했기 때문이었다.

한빈은 아무렇지 않은 표정으로 주위를 살폈다.

당문호는 좌석을 점검하는 듯 분주히 돌아다니고 있었다.

한빈은 당문호가 돌아다니는 경로를 머릿속에 새겨 놓았다.

옆에 있던 설화도 한빈을 따라 두리번거린다.

둘이 동시에 두리번거리자 그 모습이 마치 도토리를 찾는 다람쥐 같았다.

처음에는 한빈을 따라 시선을 돌린 것인데 지금은 뭔가를 찾고 있는 것이었다.

그런데 자신이 찾고 있는 것이 뭔지를 모르는 설화였다. 눈에 걸리는 것이 있는데 그것이 무엇인지가 딱 와닿지 않았기 때문이다.

그 모습에 한빈이 설화에게 물었다.

"왜 그러고 있어?"

"뭔가 낯선 것 같은데 그게 뭔지가 감이 안 잡혀서요."

"무림인이 별로 없잖아."

"무림인이라고요?"

설화는 매의 눈으로 주변을 바라봤다.

묘하게 무복을 입은 이가 별로 없었다. 이런 행사라 해도 무림인이면 무복을 입고 나오기 마련이었다.

그런데 정말 무복을 입은 자라고는 사천당가에서 온 당기명과 당독대 그리고 악비광이 전부였다.

설화가 고개를 갸웃하자 한빈이 말을 이었다.

"우연일까?"

"그게 무슨 말씀이에요?"

"세상에는 우연이란 존재하지 않는 법이지."

"우연이 아니면 필연이라는 얘기예요?"

"필연보다는 누군가의 의도라고 봐야지."

"의도라면……."

"그걸 지켜보려고 우리가 여기에 온 거잖아. 오늘은 옛 성현 중 노자의 눈으로 바라보는 게 좋을 것 같다."

"……."

설화는 말없이 고개를 돌렸다.

한빈의 말뜻을 이해한 것이다. 오늘만은 살수의 눈을 버리고 옛 성현의 관점에서 사물을 바라봐야 할 것 같았다.

옆에 있는 악비광이 그들의 대화에 고개를 갸웃할 때, 한빈이 자리에서 일어났다.

악비광이 물었다.

"어디 가십니까?"

"뭘 떨어뜨리고 온 것 같아서."

"도와드릴까요? 형님."

"도와준다는데 마다하는 건 강호의 도리가 아니지."

씩 웃은 한빈은 자리에서 일어났다. 그 뒤를 악비광이 급하게 따르고 말이다.

한참을 따라가던 악비광은 고개를 갸웃했다.

한빈이 좁쌀 한 움큼을 잡았기 때문이다.

이곳 연등회가 열리는 행사에는 여기저기 좁쌀을 넣어 둔 그릇이 있었다.

여름을 앞둔 이 시기에, 좁쌀을 던져 악귀를 몰아내는 것은 호남과 하남의 공통적인 풍속이었다.

보통 행사가 다 끝나고 던지는 것이 일반적인데 좁쌀을 미리 준비하는 한빈이 이상했던 것이다.

거기에 한빈은 청색 자리가 있는 곳을 누비며 허공을 쓸어내리는 듯한 묘한 동작을 하고 있었다.

남들이 보면 그냥 웃어넘길 일이지만, 한빈을 잘 안다고 자부하는 악비광이 볼 때 이상한 일이었다.

물론 한빈의 동작에는 의미가 있었다.

한빈은 지금 당문호가 놓은 덫을 제거하고 있었다.

당문호가 눈에 보이지 않는 암기를 몇몇 자리에 비치해 놓았던 것이다.

의도는 뻔했다. 그의 목표는 당기명이 아닌 당가 전체임이 분명했다.

만약 여기서 독살 사건이 일어난다면?

의심받을 만한 사람의 일 순위에는 당연히 당기명이 있을 것이었다.

황족이 참석한 행사에서 당기명이 범인으로 확정된다면?

사천당가의 가주가 문제가 아니라 사천당가 전체가 몰락의 길을 걸을지도 몰랐다.

그렇다면 당문호에게 어떤 이득이 있을까?

한빈은 이것이 의문이었다.

❧

멀리서 고관대작들과 대화를 나누던 당문호는 고개를 갸웃했다.

지난번에 당기명의 곁에 있던 의원이 얼핏 보였기 때문이다.

묘하게 거슬리는 작자였다.

무공은 없는 것 같은데 의원 같지도 않고, 그렇다고 특별한 재주도 없어 보였다.

그런데 조카인 당기명은 그를 떠받드는 듯 보였다.

대체 얼마나 고명한 의술을 지녔기에?

하지만 아무리 뛰어난 의술을 지녔다고 한들, 오늘의 횡액은 피해 갈 수 없을 것이었다.

오늘 당문호가 준비한 덫은 그리 만만하지 않았다.

용케 몇 가지 덫을 피한다 해도 그의 덫은 천라지망처럼 촘촘하게 깔려 있었다.

당문호는 문득 어린 시절을 떠올렸다.

머리는 비상했지만, 선천적으로 타고난 단전의 크기 때문에 사천당가의 무공을 익히지 못한 비운의 천재.

그것이 당문호를 따라다니던 꼬리표였다.

당문호는 사천당가의 무공을 포기하고 과거 시험에 매진했었다.

그로부터 얼마 안 지나서 향시, 회시, 진시를 모두 장원으로 급제하는 쾌거를 이루었다. 이를 삼원이라 부르는데, 사천에서는 백 년 이래 처음 있는 일이었다.

기쁨도 잠시, 북경으로 진출한 당문호는 또 한 번의 설움을 맛봐야 했다.

그에게 사천당가라는 배경은 조금도 도움이 되지 않는다

는 것을 얼마 지나지 않아 알게 되었기 때문이다.

자신보다 낮은 등급으로 과거에 통과했던 이들도 당문호를 치고 올라갔다.

그에게 필요한 것은 돈 혹은 배경이었다.

그 때문에 그는 사천당가를 몇 번씩 찾아가곤 했다.

하지만 당문호가 장원을 했다고 여기저기 자랑하고 다닐 때와는 달리, 사천당가의 가주는 태도를 바꾸었다.

사천당가에서 당문호를 실질적으로 지원하면 관과 무림이 별개라는 강호의 법칙이 깨진다는 이유였다.

북경에서 철저히 깨지고 내려올 때 손을 내민 것은 이름 모를 유생이었다.

이름 모를 유생은 단시간에 삼원에 오른 당문호를 존경한다며 접근해 왔고 그에게 말도 안 되는 지원을 약속했다.

집안도 모르고 이름도 모르지만, 의심할 수 없었던 것은 그의 지식이었다.

유학에 대한 그의 지식은 당문호를 뛰어넘고 있었으니, 의심하려야 의심할 수가 없었다.

그와 동행을 한 지 한 달째, 그 유생은 제안을 해 왔다.

차라리 사천당가를 손에 넣으라는 충고였다.

당문호는 먼저 자신이 사천당가에 서운한 점을 유생에게 말했기 때문이라 생각했다.

유생은 진귀한 영약과 함께 막대한 자금을 내놓았다.

그리고 어떻게 하면 손에 넣을 수 있는지까지 설명해 주었다.

당문호는 그 유생이 자신을 위해 나타난 제갈공명의 현신이라고 생각했다.

이제까지는 모든 것이 순조롭게 돌아갔다.

오늘 그는 사천당가를 손에 넣을, 마지막 덫을 설치했다.

영웅은 태어나는 것이 아니라 만들어지는 법

하나의 덫을 벗어난다고 해도 다른 하나의 덫을 쳐 놓았다.

그 덫을 벗어난다면?

그물을 쳐서 잡을 것이다. 그것이 당문호의 사냥법이었다.

오늘 사천당가는 자신의 어망에 든 물고기가 될 수밖에 없었다.

당문호는 자신도 모르게 입맛을 다셨다.

어찌 보면 당문호가 느꼈던 쾌감 중 최고라고 할 수 있었다.

자신을 무시했던 가문.

자신에게 받아먹기만 하고 티끌만큼도 도움을 주지 않았

던 가문의 원로들.

가문의 이름을 빛냈지만, 돌아온 것은 배신이었다.

그 대가를 오늘부터 철저히 수확할 생각이었다.

당문호는 한빈에게서 시선을 거두고 멀리 있는 현령을 바라봤다.

눈이 마주친 현령의 기세가 심상치 않았다.

아마도 자신의 부탁을 철저히 들어주려는 것 같았다.

당문호는 슬쩍 고개를 숙였다.

하지만 현령은 무표정하게 바라볼 뿐이었다.

당문호는 현령의 저런 모습이 마음에 들었다. 뇌물을 받고도 티 내지 않고 묵묵히 자신의 일에만 매진하는 모습 말이다.

그러고 보니…….

당문호는 고개를 갸웃했다.

중앙에서부터 알고 지내던 동창이자, 칠음현의 책임자가 보이지 않았기 때문이다.

그때 황족의 시중을 드는 시녀 하나가 지나가며 당문호를 바라봤다.

당문호는 재빨리 눈을 깜빡였다.

한빈이 청색 자리를 휘젓다가 그늘 역할을 하는 버드나무를 짚었다.

소리도 들리지 않을 만큼 은밀한 움직임.

그냥 버드나무에 기대며 손을 짚는 것처럼 보여도 한빈의 손에는 내기가 실려 있었다.

순간 버드나무가 살짝 흔들리며 잎이 떨어졌다.

그 잎들은 나선을 그리며 의자에 떨어졌다.

후두둑.

한빈은 가랑비처럼 쏟아지는 나뭇잎을 조용히 바라봤다. 나뭇잎이 만들어 낸 가랑비가 멈추자 한빈은 조용히 자리로 돌아왔다.

뒤따라오던 악비광은 고개를 갸웃했다.

뭘 찾겠다고 해서 같이 갔는데, 한빈이 가져온 물건은 아무것도 없었기 때문이다.

악비광은 호기심을 주체 못 하고 물었다.

"형님, 못 찾으셨습니까?"

"물론 찾았다."

"찾았다니요? 그냥 휘휘 돌아다니시기만 하지 않았습니까?"

"내가 찾으려 한 건 사람이니까……."

말을 마친 한빈은 황색 좌석을 조용히 바라봤다.

그때 음식이 나오기 시작했다.

길함을 바라는 닭, 여유 있음을 기원하는 생선, 장수를 의미하는 국수가 쟁반 하나에 모두 들어 있었다.

한빈 일행은 그 후 한 시진이 넘는 동안 수다의 꽃을 피웠다.

물론 한빈은 계속 당문호를 주시했다.

두리번거리는 것이 적잖게 당황한 모습이었다.

그도 그럴 것이 청색 자리에서 아무 일도 일어나지 않았기 때문이다.

좌석에 깔아 놓은 암기는 모두 한빈이 제거한 상태.

즉 당문호가 놓은 덫은 모두 제거된 상태였다.

한빈은 자신의 손을 펴 봤다.

버들잎 하나가 한빈의 손에 있었다.

의자에 떨어져도 아무도 수상하게 생각하지 않을 가느다란 잎사귀였다.

대충 냄새로 확인한 바, 이 버들잎에는 소량의 독이 묻어 있었다.

이름하여 석사독(夕死毒).

암기나 사물에 묻혀 놓으면 햇볕을 받을 때는 독기가 잠자다가, 햇빛을 못 받으면 바로 독기가 작용하는 독이었다.

밤에 사용하면 대상을 즉각 중독시킬 수 있는 독.

그러므로 석사독이 묻어 있는 버들잎을 깔고 앉게 되면, 햇빛이 차단되니 바로 중독될 것이다.

의복에 스며들어 천천히 중독되면, 원인도 알 수 없이 대상은 쓰러진다.

그러나 단단한 쇠붙이로 된 암기가 아닌 버들잎에 발라 놓을 경우, 한 가지 단점이 있었다.

바로 바람에 날려 갈 수도 있다는 것이다.

뭐, 당문호는 버들잎이 바람에 날려 갔으려니 하고 다음 계획을 준비할 터.

그때 강가에 커다란 배가 지나가다 멈췄다.

동시에 폭죽이 여기저기서 터지기 시작했다.

팡, 팡.

그 폭죽과 함께 강에 멈춘 배 위에서 불이 밝혀졌다.

동시에 배 위에서는 무희들의 춤이 이어졌다.

본격적인 공연이 시작된 것이다.

사람들이 넋을 잃고 바라볼 때였다.

갑자기 비명이 울려 퍼졌다.

악!

그것도 잠시, 곧장 폭죽과 음악 소리에 묻혔다.

물론 호위병과 한빈을 비롯한 몇몇 무인들은 그 소리를 들었다.

누군가가 소리쳤다.

"즉시 음악을 멈춰라!"

"음악을 멈춰라!"

그 외침의 끝에 누군가가 내공을 실어 외쳤다.

"일대는 황족을 보호한다!"

"이대는 주변을 봉쇄한다. 다시 한번 말한다. 이곳을 봉쇄한다. 그리고 나머지 병사는……."

급박함을 담은 목소리에, 칠음강의 잔물결이 요동칠 정도였다.

이제 때가 됐음을 직감한 한빈은 조용히 고개를 끄덕였다.

한빈이 설화에게 말했다..

"너는 내가 시키는 대로 처리하여라."

"네, 공자님. 그런데 청화는 어떻게 할까요? 당기명 공자와 같이 있는데……."

설화가 말끝을 흐리며 옆을 바라봤다.

청화는 당기명이 잠시 데려간 상태.

"괜찮아, 그냥 놔둬."

"네, 그럼."

말을 마친 설화는 조용히 자리에서 사라졌다.

놀란 악비광이 물었다.

"어떻게 돌아가는 겁니까? 형님."

"너는 절대 나서지 말아라. 네가 낄 자리가 아니니……. 혹시라도 끼고 싶으면 변장을 하든지."

"변장이요?"

"아니다. 변장한다고 해도, 여기서 너를 못 알아볼 사람은 없으니 그냥 자리에서 조용히 구경하는 편이 좋겠다."

"……."

"무시해서가 아니라 일이 꼬일 수도 있어서 그래. 그냥 남은 음식이나 먹으면서 공연이나 지켜봐."

"공연이라니요?"

"재미있는 공연이 펼쳐질 것 같거든."

"어쨌든 위급하다고 생각되면 나서겠습니다."

"그래, 고맙다."

말을 마친 한빈은 희미한 웃음을 지었다.

그러고는 옷자락 스치는 소리만 남기고 조용히 사라졌다.

사사—삭.

❧

광란의 도가니였다.

이곳의 경비 책임자인 군장 장후의 등줄기에는 식은땀이 솟아올랐다.

그는 호남성의 소속으로, 천 명의 병사를 통솔하는 군장이었다.

황실의 요청으로 오백의 군사를 이끌고 온 것이다.

이곳으로 지원할 때만 해도 장후는 꿈에 부풀어 얼씨구나 하고 좋아했었다.

이곳에 모인 황족과 왕족 그리고 고관대작들의 눈에 들 수 있는 기회였기 때문이다.

거기에 훈련과 임무의 반복인 일상에서 벗어나 축제를 즐길 수도 있었다.

그야말로 꿩 먹고 알 먹고!

그런데 난데없이 살인이라니?

주변을 바라보니 일대에 속한 백 명의 군사가 황색 좌석 주변에서 철저하게 경계하고 있었다.

안쪽에는 황족을 진정시키는 관리 하나가 보인다.

그 관리는 장후가 모시고 온 호남성의 이인자, 장진택이었다.

다행히 중앙 정치판에서 잔뼈가 굵은 자라, 사태를 파악하고 눈 깜짝할 사이에 황족부터 진정시키고 있었다.

"휴."

장후는 한숨을 내쉬었다. 귀빈이 다친 것도 아니었고 황족들은 일단 진정했으니 목이 댕강 달아나는 것은 피할 수 있을 것 같았다.

뛰는 심장을 겨우 진정시킨 장후는 재빨리 병사들이 모여 있는 곳으로 갔다.

병사들이 둘러싼 곳은 청색 좌석의 앞, 그리고 누워 있는 것은 의녀였다.

장후가 의녀에게 다가가자, 병사가 외쳤다.

"군장 나으리! 더 이상 가시면 안 됩니다!"

"그게 무슨 말이더냐? 자세히 보고하라."

"눈 밑의 피부는 검은색으로 변색되었으며 손과 목이 점점 파랗게 변하는 것으로 봐서……."

"흠, 독살이라는 것이구나?"

"네, 맞습니다. 제가 교육받기로는 그렇습니다. 그리고 여기……."

병사는 말끝을 흐리며 장후에게 은침을 내밀었다.

장후는 은침의 끝을 자세히 봤다.

은침은 은색이 아닌 검은색으로 변해 있었다.

이것은 독에 닿았다는 증거였다.

독살이라?

이것은 혼자 처리해야 할 문제가 아니었다.

장후는 내공을 담아 외쳤다.

"병사들은 들어라! 의원의 도움이 필요하다. 어서 이곳으로 의원을 모시고 오너라."

"네, 알겠습니다. 군장님!"

불과 차 한 잔 마실 시간이 지나자 의원들이 자리에 모였다.

의원들은 대부분 쓰러져 있는 의녀에게 다가가기를 꺼려했다.

독에 당한 것이 명백한 데다, 숨이 끊겼으니 두려움을 참고 굳이 의녀에게 다가가려 하지 않는 것이었다.

그때 의원 중 하나가 말했다.

"우리보다 독에 대한 전문가가 여기 있다고 들었소."

"그게 누굽니까?"

"독이라면 사천당가가 최고 아닙니까?"

"사천당가라면……. 아, 그리고 보니 저도 조금 전 인사를 나눴소이다."

의원들을 너도나도 사천당가에서 온 고수를 떠올렸다. 그도 그럴 것이 모두가 한 번씩 당기명과 인사를 나눴기에, 잊으려고 해도 잊을 수가 없었다.

그때 누군가도 고개를 끄덕였다.

"허허, 저도 봤소이다. 사천당가 분들 역시 오늘 자리해 주셨더군요."

그들이 웅성대자 장후가 다시 병사에게 외쳤다.

"사천당가에서 온 손님을 모셔라!"

"네, 알겠습니다."

병사는 재빨리 달려가서 사천당가에서 온 당기명과 당독대를 데리고 왔다.

바로 옆에 있었기에 그들이 도착한 시간은 눈 깜짝할 사이였다.

장후에게 먼저 말을 건 것은 당문호였다.

"장 군장 아닌가?"

"아, 당문호 어르신이 아닙니까? 오늘 참석하셨다고 듣긴 했는데 왜 사천당가 분들과……."

둘은 이전에 안면이 있는 사이인 듯 보였다.

장후의 질문이 끝나기도 전에 당문호가 말했다.

"나도 사천당가 사람이네."

"아, 죄송합니다. 그런 줄도 모르고……."

장후가 미안한 듯 말끝을 흐리자, 당문호가 재빨리 말을 받았다.

"그건 됐고 일부터 하지. 나는 모르겠지만, 여기 있는 친구들은 사천당가에서도 내로라하는 전문가들이오. 도움이 될 것이네."

당문호는 당기명과 당독대를 가리켰다.

소개를 받은 당기명이 앞으로 나서며 포권했다.

"사천당가의 당기명이라고 합니다."

"저는 호남성에서 녹을 먹고 있는 장후라 합니다. 당 공자의 위명은 익히 들었습니다."

장후가 가볍게 포권을 했다.

"어떻게 된 일인지 알 수 있을까요?"

"지나가던 병사가 이 의녀가 쓰러진 것을 발견했습니다. 현재 이 의녀가 어떤 의원 소속인지도 모르는 상태입니다. 거기에 피부를 보면 독살을 당한 것이 분명합니다."

"제가 직접 확인해도 되겠습니까?"

"그러지 않아도 부탁드리려고 했습니다."

"네, 그럼 사람들을 뒤로 물려 주시죠. 혹시 있을 불미스러운 사태를 방지하려 함입니다."

"혹시 모를 사태의 방지라면……."

"이 의녀가 목표가 아닐 듯싶습니다."

"그게 무슨 말입니까?"

"이름 모를 의녀 하나 죽이자고 이 일을 벌였겠습니까?"

당기명의 말에 장후는 고개를 돌려 병사들에게 외쳤다.

"경계를 강화하라! 밖에 있는 삼대와 사대도 경호에 투입한다!"

장후는 마른 입술을 잘근잘근 씹었다.

지금 중요한 것은 범인 색출이 아니라 황족의 경호임을 떠올린 것이다.

경호를 강화한 장후가 물었다.

"당 공자님의 고견을 계속 듣고 싶습니다."

"네, 계속 말씀드리지요. 이 의녀가 모시는 의원도 이 세상 사람이 아닐 듯싶습니다. 물론 이 의녀나 이 의녀가 모시는 의원을 없애야 할 이유가 있었을 겁니다."

"그게 뭐라 생각합니까?"

"다른 누군가를 노리는 데 방해가 됐기 때문이라 생각합니다."

"그럼 범인은 아직 도망치지 않았겠군요?"

"도망칠 범인이었으면 황족이 있는 자리에서 이런 일을 벌이지 않았겠지요."

"흠."

"일단 주변에 있는 의원과 병사들을 좀 물려 주시지요. 이의녀의 몸에 독을 퍼뜨리는 장치라도 해 났다면 이곳은 쑥대밭이 될 수도 있습니다."

"알겠습니다."

고개를 끄덕인 장후는 고개를 돌려 수하를 바라봤다.

"여봐라! 병사와 의원, 모두 십 장 밖으로 물러나라."

"네, 즉시 시행하겠습니다."

병사가 포권하며 사람들을 뒤쪽으로 물리기 시작했다.

당기명은 그제야 손에 장갑을 끼고 의녀의 시신을 살피기 시작했다.

평소에 양념으로 독을 먹는 사천당가 사람들이었지만, 어떤 독인지 모르고 그냥 만지는 멍청한 짓을 할 사람들은 아니었다.

자신들이 쓰는 독이 그만큼 위험하기에, 독에 대한 공격에도 민감했다.

당기명은 변색된 부분을 침으로 몇 번 찌르고 장갑을 낀 손으로 피부를 문질렀다.

그런데 묘하게도 표정이 점점 굳어졌다.

죽었지만, 묘하게 체온을 유지하고 있었다.

변색된 부분은 있으나 피부가 괴사하고 있지는 않았다.

맥박이 끊기고 호흡이 멈췄으니 당연히 죽었다고 생각하겠지만, 죽은 것이 아니었다.

이런 현상을 만들 독은 딱 한 가지밖에 없었다.

그 독의 이름은 삼절추혼독(三節追魂毒).

당기명의 입술이 달싹였다.

하지만 차마 입을 열 수는 없었다.

그 독은 당가의 독자적인 비법으로만 만들 수 있는 독이었기 때문이다.

삼절추혼독.

이 독의 이름을 말하는 순간 사천당가 사람들은 용의자가 되어 버릴 수밖에 없었다.

당기명은 다시 의녀를 확인했다.

중독 증상이 손끝과 목 그리고 눈 밑에서만 확인되고 더 진행되지 않는 것으로 봐서, 분명히 삼절추혼독이 맞았다.

만약 이 독이 사천당가에서 나온 것이라 알려지면 어떻게 될까?

당기명은 힐끔 황족이 있는 자리를 바라봤다.

그곳에서는 달빛을 받아서 그런지 얼굴이 더 하얗게 보이는 여인이 있었다.

그녀는 황제의 총애를 받는 현비라는 여인이었다.

백옥같이 희고 고운 피부에 별빛처럼 반짝이는 눈동자.

총명하면서도 아름답다고 알려진 그녀의 특징이 조금도 과장되지 않았음을 정확히 나타내 주고 있었다.

그리고 그녀의 옆에는 팔공주가 있었다.

그들이 북경에서부터 멀리 떨어진 칠음현까지 온 이유는 이곳의 연등회가 그리도 화려하다는 소문 때문에, 황제를 조르고 졸라 온 것이었다.

황제의 총애를 받는 후궁이 이곳에서 위험한 일을 당했다면?

때에 따라서는 멸문지화로 이어질 수 있었다.

당기명은 강호에 처음 나온 애송이가 아니었다.

이 독이 삼절추혼독이라는 것은 사천당가 사람만 아는 법.

적당히 둘러대면 그만이었다.

그때 문득 당문호의 존재가 기억났다.

독공을 익히지는 않았지만, 당문호라면 삼절추혼독에 대해 알 수도 있다는 생각이 들었다.

뭐, 안다고 해도 가문을 위한 일인데 협조해 주리라 생각했다.

일단은 둘러대고 그다음에 범인을 찾으면 되었다.

당기명은 힐끔 고개를 올려 당문호를 바라봤다.

당문호와 눈빛을 마주한 당기명의 눈이 커졌다.

묘하게 뒤틀린 그의 입꼬리를 발견한 것이다.

웃음을 감추려는 듯 입꼬리를 살짝 떠는 당문호의 모습은 덫에 걸린 사냥감을 발견한 사냥꾼의 모습이었다.

당기명은 그제야 뭔가 잘못되었음을 깨달았다.

당기명과 당문호의 시선이 허공에서 얽혔다.

눈 깜짝할 사이에 둘의 눈빛이 많은 대화를 품고 오갔다.

치열한 눈싸움 속에 당기명은 이 일에 당문호가 관여되었음을 깨달았다.

슬쩍 옆을 보니 저 멀리서 보고만 있던 황궁의 현비가 고수를 대동하고 이곳으로 걸어오고 있었다.

궁에서도 절대 경거망동하지 않는 그녀라 들었다.

그런데 이렇게 친히 나서는 것을 보면 직접 사건에 개입할 모양이었다.

당기명은 속으로 한숨을 삭였다.

'휴······.'

모든 것이 자신을 덫에 몰아넣기 위한 포석 같았다.

점점 아득해지는 그의 머릿속에 떠오르는 것은 단 하나밖에 없었다.

바로 팽한빈이라는 이름이었다.

그 이름만이 유일한 동아줄이 될 것 같았다.

당기명은 슬쩍 고개를 돌려 한빈이 있던 자리를 바라봤다.

'뭐지?'

당기명은 적잖게 당황했다.

한빈이 있던 자리는 휑하기만 했다. 그곳에 있던 설화도 없어졌다.

위험을 감지하고 자리를 피한 것일까?

당기명이 당황하고 있을 때, 당문호가 군장 장후를 바라보며 미간을 좁혔다.

장후는 그의 표정만으로도 일이 잘못되었음을 알 수 있었다.

"왜 그러십니까? 어르신?"

"허허, 이걸 이야기해야 하나 말아야 하나 모르겠군."

"무슨 이야기인데 그러십니까?"

"이 의녀가 당한 독은 삼절추혼독이라 하는 묘한 독일세."

"삼절추혼독이라……. 처음 들어 보는군요."

장후는 골똘히 생각하더니 이내 고개를 흔들었다.

당문호는 그럴 줄 알았다는 듯 말을 이었다.

"여기서 삼절이란 세 번의 변화를 말하네."

"그럼 추혼은 뭡니까?"

"혼을 몰아낸다는 이야기지. 이 의녀는 죽은 것도 산 것도 아닐세. 아직 혼이 나간 것은 아니지만, 하루가 지나면 혼이 밖으로 빠져나가지. 그렇다고 해서 완벽히 빠져나간 것도 아니네. 그 전까지는 살릴 수 있으니까."

"그렇다면 이 의녀가 죽은 것이 아니었습니까? 어르신."

"아직 죽지는 않았네. 하지만 마지막 단계까지 가면 살릴 수가 없지. 그런 이유로 삼절이란 말을 붙인다네."

"그럼 바로 죽이지 않고 이런 독을 쓴 이유는 무엇입니까?"

"무언가 원하고 있겠지. 하나의 생명으로 무언가를 부탁하려고 협박하는 게지."

"그렇다면……."

"이 삼절추혼독이 최종적으로 노리고 있는 것은……."

당문호는 말끝을 흐리며 옆을 바라봤다.

그곳에는 황제의 후궁인 현비가 두 고수를 대동하고 걸어오고 있었다.

장후는 같이 고개를 돌렸다가 침을 꿀꺽 삼켰다.

조용히 덮으려 했지만, 지금 현비가 끼어들게 되면 간단히 넘어갈 문제가 아니게 된다.

순간 의녀를 둘러싸고 웅성대던 현장은 쥐 죽은 듯 조용해졌다.

터벅터벅.

현비와 두 고수의 발소리만 울려 퍼질 뿐이었다.

발소리가 멈추고 단아한 목소리가 흘러나왔다.

"왜 그러세요? 계속해 보시지요."

순간 침을 삼키던 이들이 무릎을 꿇었다.

"현비 마마를 뵈옵니다."

"현비 마마를 알현하옵니다."

모두가 무릎을 꿇자 현비가 말했다.

"계속해 보시지요. 저도 듣고 싶습니다."

"마마, 이곳은 위험하니 안전한 곳으로……."

"아닙니다. 나라의 백성이 해를 당했습니다. 그런데 제가 어찌 뒷짐 지고 보고만 있을 수 있겠습니까?"

"아무리 그래도 독살을 시도한 사건입니다."

"저는 괜찮으니 계속하시지요. 저는 조용히 듣고만 있겠습니다."

"……."

장후는 고개를 숙인 채 힐끔 현비의 호위를 바라봤다.

호위 중 연장자로 보이는 이가 고개를 끄덕였다.

현비의 뜻대로 하라는 신호였다.

장후는 마치 독약이라도 씹은 표정으로 당문호를 바라봤다.

"어르신께서 설명을 계속해 주시겠습니까?"

장후의 말에 당문호는 고개를 들고 말을 이었다.

"내가 보기에는 삼절추혼독의 출처가 문제네."

"대체 어디기에 그렇게 뜸을 들이십니까?"

"……이 독은 당가에서만 만들 수 있는 독이네."

"헉, 당가라면 어르신이 있는 사천당가라는 말씀입니까?"

"맞네. 사천당가 말고 또 어디가 있겠나?"

"그렇다면……."

장후는 조용히 당기명을 바라봤다.

당기명은 자리에서 일어났다.

"이 독은 사천당가의 독입니다. 누군가가 훔친 것이 분명합니다."

일이 여기까지 진행되었으니 정공법을 택해야 했다.

하지만 당문호가 말을 끊었다.

"삼절추혼독은 가주가 직접 관리하는 서른아홉 가지 독 중하나일 텐데, 안 그런가?"

"……맞습니다."

"가주님이 불편하시더라도 가주 대행이 관리하고 있을 테고."

"네, 그것도 맞습니다."

"서른아홉 가지 중 하나를 가지고 나가려면 그건 당가의 직계만이 가능한 일이 아닌가?"

"어르신도 직계가 아닙니까?"

당기명은 반격하듯 쏘아붙였다.

하지만 당문호는 당황한 기색 없이 답했다.

"당연하지. 내가 당문의 무공과 독공은 익히지 않았어도 직계는 맞지."

말을 마친 당문호는 상의를 벗었다.

갑작스러운 상황에 주변에 있던 의원들이 웅성대기 시작했다.

"지금 뭐 하는 거지?"

"왜 가문 내부에서 싸우는 거지?"

"당문호 어르신은 충신이잖아. 가문보다는 나라가 먼저라는 뜻 아니겠어?"

"그럼 저 당가 사람이 독을 쓴 거야?"

"그건 모르지. 그런데 가주가 관리하는 독이라 하니 죄에서 벗어나기 힘들겠지."

"그러게 말일세. 가문을 희생해서라도 진범을 밝혀내려는 신하야말로 충신이지, 충신."

"그런데 왜 상의를 벗는 거지?"

"그러게 말이야. 왜 상의를 벗어?"

둘의 대화에 다른 의원이 끼어들었다.

"그걸 몰라서 물어? 자신은 독을 안 썼다는 것을 증명하시려고 하는 거잖아."

"아, 그렇군."

웅성거림이 잦아들자 당문호가 벗은 상의를 장후에게 건넸다.

"조사해도 좋네."

"네, 알겠습니다."

고개를 끄덕인 장후는 옷을 툭툭 털었다.

나오는 것은 먼지뿐.

그 모습을 본 당문호가 장후를 향해 몸을 돌렸다.

"내 몸도 조사해 보게."

"……."

"일이란 정확해야 하지 않는가?"

"그럼 실례하겠습니다."

말을 마친 장후는 당문호의 몸을 수색하기 시작했다.

조사를 끝낸 장후가 모두에게 외쳤다.

"당문호 대인의 몸에서는 독이 나오지 않았습니다!"

그의 말이 끝나자마자 옷을 다시 말끔히 입고 난 당문호가 말했다.

"우리 가문의 모든 사람을 조사해서 가문에 쏠린 의심을 지우고 싶네."

말을 마친 당문호는 힐끔 당기명을 바라봤다.

시선을 받은 당기명은 벼락을 맞은 것처럼 머리부터 발끝까지 부르르 떨었다.

이것은 한마디로 외통수였다.

여기서 상의를 벗어 젖힌다면 자신이 남자로 변장을 했다는 것을 들키게 된다.

그럴 경우 왜 가문이 자신을 남자로 키웠는지 변명까지 해야 할 상황이었다.

변명을 해서 무마될 일이라면 다행이지만, 자칫 상황이 심각해질 수도 있었다.

그래도 할 수 없는 법.

멸문지화보다는 낫다고 생각한 당기명은 자신의 무죄를 입증하기 위해 조용히 자신의 상의를 만졌다.

그는 어쩔 수 없이 자신의 정체를 밝힐 심산이었다.

자신의 옷을 만지던 당기명의 눈이 커졌다.

허리 쪽에서 느껴지는 낯선 촉감은 분명히 독을 넣어 둔 호리병이었다.

황족들과 고관대작들이 즐비한 이곳에 암기나 독을 들고 올 수는 없는 일이었다.

당기명은 분명히 독이 든 호리병은 미리 숙소에 두고 왔었다.

그런데 허리 쪽에서 호리병이 만져지는 것이었다.

정체 모를 호리병이 왜 여기 있다는 말인가?

당기명은 점점 수렁으로 빠져들어 가는 착각이 들었다.

그때 당문호가 물었다.

"왜 그러고 있는 것이냐?"

"……."

당기명은 아무 말도 못 하고 침을 꿀꺽 삼켰다.

점점 올라가는 당문호의 입꼬리에 반해, 당기명의 고개는 점점 아래로 내려갔다.

그때였다.

그들의 주변에 이상한 바람이 불어왔다.

사사—삭.

그 바람은 실로 기묘했다.

강한 것 같으면서도, 사람들의 옷자락이 흔들리지 않았으며 압도적인 기세를 내뿜는 것 같으면서도 사람의 마음에 청아한 느낌을 들게 만들었다.

하나의 그림자가 달빛을 가리며 당문호와 당기명 사이로 떨어졌다.

동시에 모두는 몇 걸음 더 물러났다.

그 사이로 현비를 호위하던 적색 장포의 무사 둘이 칼을 빼 들고 다가왔다.

그들이 그림자의 주인을 보며 외쳤다.

"누구냐? 정체를 밝혀라!"

"나는!"

그림자의 주인이 첫마디를 외쳤다.

그 외침에 사람들이 숨을 멈췄다.

물론 현비를 호위하던 두 명의 고수도 그 자리에서 얼어붙었다.

상대가 자신이 마주할 경지가 아니라는 것을 바로 안 것이다.

그림자의 주인이 뱉은 첫마디는 사람을 옭아 넣는 사자후였다.

물론 그는 한빈이었다.

한빈은 푸른 장포를 입고 수염까지 붙이고 나타났다.

한빈이 말을 이었다.

"청운사신이라는 이름으로 불리고 있는 무명소졸이외다."

"……."

하지만 한빈의 앞에 있는 호위는 아무 말도 못 했다.

그 모습에 씩 웃은 한빈이 현비를 바라봤다.

"명성이 자자한 현비 마마를 뵙게 되어서 영광이올시다."

이번에 뱉은 음성은 따뜻함을 품고 있었다.

허장성세에 담겼던 기세로 굳어 있던 현비였다.

그런데 묘하게 부드러운 음성에 정신을 차릴 수 있었다.

"아, 청운사신이셨군요. 강호에 자자한 위명은 저도 익히 들었습니다."

"저를 아십니까?"

"요즘 무림에는 적룡과 청운이라는 신진 영웅이 있다고 들었습니다. 그중 청운사신은 푸른 구름을 몰고 다닌다고 들었는데, 이렇게 보니 달빛을 몰고 다니시는군요."

말을 마친 현비가 웃었다.

현비의 입에서는 마치 기름을 발라 놓은 것처럼 말이 술술 나왔다.

그도 그럴 것이 그녀는 강호와 무관한 사람이 아니었다.

거기에 더해 무림인으로 황제의 총애를 받는다는 것은, 그녀가 보통 인물이 아님을 의미한다.

청운사신의 무위로 봐서 화경에 들어선 지 한참 된 자였다.

그런 자가 이곳에 나타났는데 아직 자신의 목이 붙어 있다는 것은 아군이라는 뜻.

거기에 더해 그녀가 한 말은 모두 진심이었다.

사파의 영웅인 적룡과 정파의 영웅인 청운과는 언젠가 꼭 만나고 싶었다.

만나고 싶은 이유는 한 가지였다.

그것은 그 신진 영웅들이 문파에 속하지 않은 고수들이었기 때문이다.

문파에 속하지 않은 고수와 연을 맺어 두는 것은 절대 손해 볼 일이 아니었다.

현비의 표정에서 웃음기가 가시기도 전, 청운사신으로 변장한 한빈이 말을 이었다.

"이 일에 내가 개입해도 되겠소이까? 마마."

마마라고 높여 불렀지만, 마치 하대하는 듯한 말투.

하지만 현비는 기분 나쁜 표정 없이 조용히 고개를 끄덕였다.

"네, 저는 계속 구경하겠습니다. 대협께서 이 일을 도와주신다면 그것은 저도 바라는 바예요."

그녀가 뒤로 한 발짝 물러서자 한빈이 장후를 바라봤다.

"여기가 누구 관할인가?"

"……."

뜻을 모르는 장후가 고개를 갸웃하자, 한빈이 다시 물었다.

"이곳 칠음현을 돌보는 관리가 있을 터. 최종 판단은 내가 아닌 나라에서 임명한 현령이 해야 하는 게 맞지 않는가?"

"네, 그렇습니다. 대협."

"지금 어디 있는가?"

"제가 모시고 오겠습니다."

장후는 재빨리 어디론가 달려갔다. 그가 떠나자 당문호의 눈빛에 담긴 흥분이 더욱 짙어졌다.

그것을 확인한 한빈은 터져 나오려는 웃음을 겨우 참았다.

강호에는 '아군과 적군은 이승을 떠날 때에야 안다.'라는 속담이 있다.

마지막까지 모르는 것이 사람의 마음이 아니던가!

그때 현령이 자리로 왔다.

현령은 포권한 후, 자신이 자리에 오지 않은 이유를 설명했다.

그것은 현비의 지시였다.

자신이 해결할 테니 그냥 자리에 있으라는 현비의 지시에 따라 구경만 하고 있었다고 털어놨다.

책무를 다하지 않은 관리라는 시선을 피하고 싶은 듯했다.

한빈은 현령에게 말했다.

"이 사건은 무림과 관계된 것 같지만, 최종 판단은 황제 폐하께서 임명한 현령의 몫이라고 생각하오. 동의하시오?"

한빈의 하대에도 현령은 고개를 끄덕였다.

현령을 대하는 한빈의 태도는 마치 숨을 쉬듯 자연스러웠다.

그도 그럴 것이, 수염까지 붙여 놓은 채 낡은 푸른 무복을 입은 한빈의 모습은 당장이라도 등선할 도인처럼 보였기 때문이다.

거기에 더해 한 가지 이유가 또 있었다.

바로 청운사신에 대한 세상의 시선이었다.

사실 얼마 전까지만 해도 청운사신은 세상 사람들의 입에 그리 오르내리지 않았다.

하지만 적룡대협이라는 인물의 이야기가 세상에 퍼지자, 정의맹도 가만히 있을 수 없었다.

그들도 영웅을 만들어야 했다.

정체는 모르지만, 정파의 고수임이 분명한 청운사신이라는 좋은 패를 그냥 버릴 수는 없는 노릇이었다.

그렇다면 이것은 누구의 작품인가?

바로 정의맹 군사 중 하나인 모용후의 작품이었다.

덕분에 모용후는 지금 정의맹의 군사 중 이인자 자리까지 올랐다.

청운사신의 후인이 하북팽가의 막내 공자라는 이야기는 쏙 빼고 소문을 냈다.

특정 가문을 도와줄 만큼 정의맹의 인심은 후하지 않았기 때문이다.

어쨌든 정의맹이 발 빠르게 움직인 덕분인지, 지금 강남 무림에는 청운사신의 위명이 널리 퍼진 상태였다.

소문이란 항상 과장되기 마련. 청운사신의 위세는 무림삼존에 비할 바가 아니었다.

이러한 일련의 이유로 한빈의 오만한 태도는 사람들의 눈에는 당연하게 보였다.

현령은 바로 고개를 끄덕였다.

"네, 동의합니다."

"사건의 해결 과정을 보고 있다가 미흡한 부분이 있다고 생각하신다면 언제든 개입하셔도 좋네. 그리고 판단은 현령이 내리시게."

"네. 그리하겠습니다, 대협."

"그럼 지금부터 내가 현비 마마와 현령에게 받은 권한으로 사건을 해결하겠소. 내가 보기에 범인은 아직 이 안에 있소."

한빈은 날카로운 시선으로 주변을 훑었다.

마치 잘 벼린 칼날처럼 한빈은 그 눈빛의 예기를 곳곳에 쏟아 냈다.

시선이 마주친 사람들은 자신도 모르게 움찔거렸다.

표정만 본다면 모두가 범인이라고 생각할 듯싶었다.

뒤쪽에서 상황을 지켜보고 있던 현비는 청운사신이라는 자의 행동에 탄복했다.

"청운사신은 듣던 대로 대쪽 같은 분이구나."

"네, 역시 강호에 퍼진 위명 그대로입니다."

"게다가 저 경지에 힘을 드러내지 않는 점도 놀랍구나. 외유내강이란 이런 것임을 보여 주는 인물이구나."

"그게 무슨 말씀입니까? 반대로 말씀하신 것 아닙니까?"

호위는 고개를 갸웃했다.

나타나면서부터 무위를 과시했는데 그것이 어떻게 외유내강이 된다는 말인가?

현비는 달빛에 어울릴 듯한 미소와 함께 입을 열었다.

"네가 힘을 가지고 있다면 이 일을 어떻게 처리하겠느냐?"

"그야……"

"그는 상대를 억누를 힘이 있는데도 최종 판단은 모두 관리에게 맡겼다."

"듣고 보니 말씀하신 대로 외유내강이 맞는 것 같습니다."

"그럼 계속 그가 하는 일을 지켜보고 있거라."

현비는 조용히 청운사신이 있는 곳을 바라봤다.

주변에서 수군대는 소리가 잠잠해지자 현령은 한 걸음 뒤로 물러나며 말했다.

"대협이 말씀하신 대로 진행 과정이 불합리다고 생각될 때, 아니면 제 힘이 필요할 때만 나서겠습니다."

현령까지 물러나자 모두는 침만 꿀꺽 삼키며 사태를 주시했다.

모두의 시선은 청운사신으로 변장한 한빈에게 모인 상태.

한빈은 여유 있는 표정으로 말을 이었다.

"일단 중단된 일부터 마저 하는 게 좋겠네."

"중단된 일이라면…… 사천당가의 무고를 증명하는 일 말입니까? 대협."

장후가 묻자 한빈이 고개를 끄덕였다.

"그렇다네."

"그럼 저기 있는 당 공자의 몸을 수색하겠습니다."

"그게 먼저가 아니지."

"그럼 그 옆에 있는 수하가 먼저입니까?"

"그게 아니라, 저 사람에 대한 수색부터 마치는 게 옳다고 생각하네."

한빈이 고개를 돌렸다. 그곳에는 당문호가 있었다.

시선이 마주친 당문호는 황당하다는 듯 한빈을 바라봤다.

그도 그럴 것이, 당문호는 자진해서 상의까지 벗고 무고를 입증했다.

그런데 갑자기 당문호를 가리킨다니?

모두가 의아할 수밖에 없었다.

장후 역시 어리둥절한 표정으로 말했다.

"당문호 대인은 제가 방금 조사를 마쳤습니다."

"확실한가?"

"확실합니다."

"자네의 목을 걸고 말할 수 있는가? 모든 곳을 빼먹지 않고 수색했다고 장담할 수 있는가?"

묘하게 같은 질문을 계속 반복하자 군중이 웅성거렸다.

장후는 겨우 입을 열었다.

"그건……."

장후는 말끝을 흐리며 어리둥절한 눈으로 주변을 바라봤다.

모두는 웅성거리며 장후를 보고 있었다.

실로 묘한 상황이었다.

철저히 조사했지만, 막상 목을 걸라고 하니 답할 수 없었다.

하지만 다른 이들은 고개를 갸웃하며 장후를 의심의 눈초리로 보고 있었다.

장후가 당황하고 있을 때, 한빈이 말했다.

"자네가 조사하지 않은 곳이 하나 있네."

"저는 모든 곳을……."

장후는 말끝을 흐렸다. 한빈의 시선이 당문호의 어딘가를 바라보고 있었기 때문이다.

한빈의 시선이 멈춘 곳은 다름 아닌 당문호의 신발이었다.

당문호는 다른 관리처럼 발목까지 올라오는 가죽신을 신고 있었다.

그 말에 당문호는 황당하다는 듯 청운사신, 즉 한빈을 바라봤다.

사실 가장 걱정한 것은 청운사신이라는 작자가 힘으로 모든 상황을 엎지는 않을까 하는 점이었다.

그런데 최종 판단을 현령에게 맡기겠다고 하니, 사실상 청운사신은 방해꾼이 아닌 자신의 조력자가 된 셈이었다.

그런데 갑자기 자신을 다시 조사하라고 하니, 당문호는 청운사신의 행동이 우습게 여겨졌다.

당문호는 씩 웃으며 청운사신, 한빈을 향해 걸어갔다.

"그럼 어디……."

하지만 당문호는 말을 맺지 못했다.

한 걸음 내디디는 도중, 오른쪽 신발에서 이질감이 느껴졌기 때문이다.

순간 소름이 등골을 타고 머리끝까지 치달았다.

슬쩍 오른쪽 발을 돌려 보니 분명 작은 호리병이었다.

자신이 조력자를 통해 당기명에게 넣어 둔 호리병의 크기는 딱 엄지손가락만 했다.

그런데 지금 느껴지는 호리병의 크기가 그것과 똑같았다.

당문호의 이마에 땀방울이 맺혔다.

당문호는 재빨리 현령에게 시선을 돌렸다.

이쯤에서 나서 달라는 신호였다.

그의 신호를 받은 현령은 조용히 걸어왔다.

현령이 다가오자 한빈이 고개를 돌렸다.

"무슨 일이오?"

"대협께 드리고 싶은 말씀이 있어서 이렇게 왔습니다."

"말해 보시오."

"나라의 녹을 먹는 관리일수록 그 처벌은 엄중해야 한다고 생각합니다."

"흠, 그게 무슨 뜻이요?"

"더욱 철저히 밝혀 달라는 부탁을 하고 싶습니다. 관리는 하늘을 우러러 한 점 부끄럼이 없어야 한다는 것이 제 생각입니다. 저기 있는 당문호에게 죄가 있다면 샅샅이 밝혀 주시길 바라는 바입니다."

"오호. 마치 저자가 죄를 지은 것처럼 말씀하시는군."

"흠, 그건 아닙니다. 단지, 제가 오래전부터 아는 친구이기에 더욱더 요청하는 것입니다."

"그 우정까지 깨면서 나라를 걱정하는 마음이라……. 어쨌든 그 마음 잘 받겠소."

"감사합니다, 대협. 저는 다시 조용히 지켜보고 있겠습니다."

현령은 조용히 고개를 숙인 뒤 물러났다.

그의 말 한마디 한마디는 당문호의 가슴에 비수가 되어 꽂혔다.

이건 있을 수 없는 일이었다.

사천당가를 몰아넣는 것도, 자신이 사천당가를 접수하는

것도 오랫동안 알고 지내던 현령의 도움이 있어야 했다.

그런데 그가 지금 배신을 한 것이다.

뇌물이 부족했을까?

아니면 전에 그에게 잘못한 것이라도 있는 것일까?

당문호의 심장이 쿵쿵 뛰기 시작했다.

새파랗게 질린 당문호의 모습에 모두 고개를 갸웃했다.

주변에 있던 의원 중 하나가 말했다.

"당문호 어르신이 왜 저러시는 거지?"

"그러게 말이야."

"땀까지 흘리시잖아."

"혹시……."

"에이, 혹시라니? 자네는 당문호 어르신을 의심하는 건가?"

"그게 아니라 표정이 이상해서 그러지."

의원들의 웅성거림에 비례해서, 당문호의 표정은 더욱 어두워졌다.

이제는 아예 사색이 된 것처럼 부르르 떨고 있었다.

그때 한빈이 그에게 번개처럼 달려가 부축했다.

부축하는 것처럼 보였지만, 실제로는 혈을 짚은 것이었다.

털썩.

당문호는 자리에서 무릎을 꿇었다.

난데없는 상황에 주변은 다시 아수라장이 되었다.

한빈은 아무렇지 않게 당문호를 앉힌 다음 가부좌를 틀게 했다.

그러고는 백회혈에 손을 올려놨다.

그 모습에 모두는 입을 벌려다.

누가 봐도 응급 상황에서 조치를 취하는 것으로 보였기 때문이다.

그 장면을 바라보던 의원들은 웅성거리다가 입을 다물었다.

내기로 진기도인을 할 때는 정숙함이 필요하다는 것을 알기 때문이었다.

물론 당문호만은 미칠 지경이었다.

그는 한빈이 속삭인 한마디가 머리에서 떠나지 않고 있었다.

가만히 있지 않으면 죽는다는 딱 한마디였다.

그래 놓고 점혈을 하더니 백회혈에 손을 올려놨다.

남들이 보기에는 응급 조치를 하는 것처럼 보이겠지만, 실제로는 당문호를 중독시키고 있었다.

그것도 자신이 처음에 깔아 놨던 석사독으로 말이다.

이마에 버드나무 잎사귀를 갖다 대는 수법이었는데, 묘하게도 그 버드나무 잎사귀는 자신이 청색 좌석에 깔아 놨던 것이었다.

당문호의 의문은 딱 한 가지였다.

힘으로 해결하면 될 일을 왜 저런 연극을 하느냐는 것이었다.

당문호가 난감해하고 있을 때, 한빈이 그의 백회혈에서 손을 뗐다.

그러고는 조용히 심호흡한 뒤 사람들을 둘러봤다.

눈이 마주친 의원들은 침을 삼키며 한빈의 다음 말을 기다렸다.

시간이 멈춘 것 같은 침묵을 깬 것은 역시 한빈이었다.

"위험한 고비는 넘겼네."

"어떻게 된 일입니까?"

"당문호도 중독되었다네."

"헉."

"내가 보기에는 사천당가가 그들의 목표일 수도 있다네. 그리고 지금 중요한 것은 사천당가의 무고를 밝히는 것이 아니라 범인을 밝히는 것이라 보네."

"네. 그건 맞는 말씀이지만, 지금 상황에서는……."

"일단 증인을 보호하는 것이 먼저일 것 같네."

말을 마친 한빈은 재빨리 중독된 여자의 맥을 잡았다.

그 모습에 의원들이 다시 웅성대기 시작했다.

그도 그럴 것이, 청운사신이 무공뿐 아니라 의술까지 겸비했다는 소문 때문이었다.

완맥을 잡은 시간은 고작해야 숨 몇 번 쉴 시간.

한빈은 품속에서 환약 몇 개를 꺼냈다.

그러고는 중독된 여인의 입 속으로 환약을 넣었다.

묘하게 의녀의 입술이 본래의 색으로 돌아왔다.

한빈은 안도의 한숨을 내쉬며 일어났다.

"이제 급한 고비는 넘긴 것 같소."

말을 마친 한빈은 멀리 떨어진 현비를 바라봤다.

시선을 받은 현비가 조용히 물었다.

"제게 하실 말씀이라도 있으신지요?"

"현비 마마께 부탁드리고 싶은 것이 있소이다."

"말씀하시지요."

"중독된 증인을 부탁하겠소. 호위 중 한 명을 이쪽으로 보내 주시오."

"네, 그러지요."

현비는 자신의 오른쪽에 있는 호위에게 눈짓했다.

지시를 받은 호위는 재빨리 한빈에게 다가왔다.

"대협, 말씀하시오."

"다름이 아니라 이 여인을 부탁하오. 그리고……."

한빈은 마지막 말은 목소리를 줄여 호위만 들을 수 있도록 속삭였다.

순간 호위의 눈이 커졌다.

그것도 잠시, 표정을 감춘 호위는 조용히 고개를 끄덕였다.

"네, 지시하신 일 바로 시행하겠습니다."

말을 마친 호위는 어디선가 장포를 구해 중독된 여인을 감쌌다.

그러고는 조심스럽게 여인을 안아 들고는 황색 자리로 돌아갔다.

호위가 그녀를 눕힌 곳은 병사들이 몇 겹으로 둘러싼 자리였다.

호위는 병사들에게 지시를 내리는 듯 보였다.

물론 한빈이 전한 그대로일 것이었다.

분주히 움직이는 호위의 모습을 바라보던 군장 장후가 물었다.

"당문호 대인도 안전한 곳으로 모실까요?"

자신도 무엇인가를 해야 할 것 같아서 꺼낸 이야기였다.

하지만 한빈은 가볍게 고개를 저었다.

"아니네. 내 앞에 있는 것이 제일 안전하다네."

"네, 알겠습니다."

"이제 가장 중요한 증인 한 명을 데려와야겠네."

"그게 누구입니까?"

장후가 눈을 크게 뜨자 한빈은 바깥쪽을 가리켰다.

"입구에서 출입을 통제하던 책임자일세. 당장 그자를 데려오게."

"입구를 책임지는 관리라면……."

장후가 누군지 몰라 주변을 돌아봤다.

그도 그럴 것이 자신이 데려온 병사 이외에는 아는 자가 많지 않았다.

그때 가만히 지켜보던 현령이 다시 나섰다.

"제가 알고 있습니다. 그자는 칠음현의 관리입니다."

현령은 포권까지 하며 한빈의 눈치를 살폈다.

그 모습에 한빈은 속으로 실소를 삼켰다.

곧, 한빈이 고개를 끄덕였다.

"그럼 부탁하오. 그리고 관리와 더불어 관리가 이곳을 입장한 사람들에게 받았던 초대장도 같이 부탁하오."

한빈이 승낙하자 현령이 재빨리 자리를 떠났다.

사람들은 귓속말로 상황을 추측하기에 여념이 없었다.

아무리 생각해도 입구를 지키는 관리를 부른 이유가 떠오르지 않았기 때문이었다.

물론 현비도 마찬가지였다.

궁에서 총명하다고 소문난 현비였지만, 청운사신의 행동은 예상할 수 없었다.

그때 병사들에게 중독된 여인을 맡기고 온 호위가 돌아왔다.

"마마, 증인을 맡기고 돌아왔습니다."

그의 말에 현비는 뭔가 생각난 듯 눈을 빛냈다.

"아까 청운사신이 네게 한 말이 무엇이더냐?"

"저 여인을 보호하되, 현비 마마께 멀리 떨어뜨려 놓으라 했습니다. 또한 현비 마마와 공주님을 철저히 지키라 했습니다."

"음."

침음을 뱉은 현비는 병사의 호위를 받고 있는 자신의 딸 효명 공주를 불러왔다.

그러고는 호위에게 다시 물었다.

"혹시 이유를 물어봤느냐?"

"흠, 그게 그러니까……."

호위는 말끝을 흐리며 현비의 눈치를 봤다.

그 모습에 현비가 손짓하며 재촉했다.

"편하게 말해 보아라."

"비밀이라 하셨습니다. 저는 아무리 생각해 봐도 실마리가 잡히지 않습니다."

"비밀이라니……. 대체 무슨 일이 벌어지고 있는 건지 나도 모르겠구나."

현비는 비밀이라는 말을 조금 심각하게 받아들였다.

그만큼 엄중한 사안이라고 해석했지만, 사실 한빈이 버릇처럼 던진 말일 뿐이었다.

현비와 주변을 지켜보던 고관대작들이 웅성대고 있을 때, 현령이 데려온 관리가 한빈의 앞에 섰다.

관복을 입고 나타난 관리가 중앙으로 나오자, 모두 마른침을 삼켰다.

마치 경극에서 중요한 인물이 등장한 것처럼 누군가가 입을 열기를 기다렸다.

한빈은 그들의 시선에는 아랑곳하지 않고 관리를 살폈다.

돈을 받아먹던 그 관리가 맞았다.

관리는 이곳에 오자마자 심상치 않은 시선을 느꼈다.

사실 향시에 합격하고도 이런 뜨거운 시선을 느끼지는 못했었다.

그런데 모두가 자신을 주인공처럼 바라보자 얼떨떨했다.

하지만 그 시선에 호의가 담긴 것이 아니라는 것을 알자 급격하게 불안해지기 시작했다.

관리는 떨리는 목소리로 물었다.

"저를 왜 찾으셨는지요?"

"하나만 묻겠네."

"말씀하시지요, 대협."

관리는 포권하며 허리를 땅에 닿도록 숙였다.

본능적으로 이곳의 상급자가 누군지를 안 것이다.

한빈은 아무 표정 없이 질문을 이어 갔다.

"이곳에 들어오려면 입구를 지나는 방법밖에 없는가?"

"네, 제가 알기로는 그렇습니다."

"그렇다면 살수의 출입도 자네의 통제하에 이루어졌겠군."

"헉, 아닙니다. 저는 살수를……."

관리는 살수라는 단어가 튀어나오자 화들짝 놀랐다.

한빈은 그를 진정시키듯 가볍게 손을 흔들었다.

"자네가 살수를 들여보냈다는 의미로 말한 것은 아닐세."

"네, 절대 아닙죠. 아닙니다요."

"살수는 분명히 변장을 하고 들어왔겠지? 그러니 모를 수
밖에 없지 않나?"

"……."

관리는 말할 수 없었다.

인정하게 되면 변장한 살수를 못 알아본 무능한 관리가 되
어서 처벌을 면하기 힘들었다.

이것은 유도 심문이라 생각했다.

"자네는 살수가 들고 있는 초대장을 확인했을 터야."

"……."

관리는 계속 침묵했지만, 한빈은 관계없다는 듯 계속 말을
이었다.

"그래. 그자가 살수인지 잘 모르겠지. 내가 알아보고 싶은
것은 초대장일세. 초대장은 반쪽으로 나누어 반쪽은 자네가
받았을 테고, 다른 반쪽은 사람들이 아직 들고 있겠지."

이것은 사실이었다.

초대장의 반쪽은 잘라 초대받은 사람에게 주어 그 사람의
출입 유무를 확인하고, 나머지 반쪽은 보관한다.

한빈이 줬던 초대장의 반쪽도 관리가 보관하고 있을 것이다.

"네, 그렇습니다요."

"저기 있는 상자에는 초대장의 일부분이 들어 있겠고."

"네, 맞습니다."

"내 생각은 간단하네. 살수가 독을 썼다면 독의 흔적을 그리 쉽게 지우지는 못할 것이야. 그러니 초대장에도 독의 흔적이 묻어 있을 수 있겠지."

"그건 그렇……."

관리는 다시 말끝을 흐렸다. 말이 되는 것 같으면서도 묘하게 이해가 안 되었기 때문이다.

하지만 다른 이들은 그렇게 생각하지 않는지 연신 고개를 끄덕이고 있다.

주변의 의원들도 고개를 끄덕이며 한빈의 말에 호응하고 있다.

한빈은 힐끔 고개를 돌려 의원들을 바라봤다.

시선이 마주친 의원들은 마른침을 삼켰다.

한빈은 의원들에게 말했다.

"의원 여러분, 한 가지만 부탁드리겠네. 독에 제일 반응하는 게 인은이 맞는가?"

한빈이 말한 인은은 황궁의 의원들이 은의 순도에 따라 나누는 등급 중 하나였다.

황궁의 의원들은 인의예지신의 순서로 은의 순도를 나눈
다.

그중 가장 순도가 높은 것이 인은이었다.

아마 대답하는 의원은 황궁에서 나온 의원일 가능성이 컸
다.

그때 기다리던 대답이 나왔다.

"네, 맞습니다."

대답한 의원은 다른 의원들과는 달리 복장이 조금 화려했
다.

같은 백색의 옷이지만, 그는 비단으로 되어 있는 장포를
걸치고 있었다.

한빈이 물었다.

"그렇다면 지금 인은을 가지고 있나?"

"네, 황궁에게 가지고 나왔습니다. 하지만 그것은 황족을
위해 사용을⋯⋯."

"지금이 바로 그때이네."

한빈이 현비 쪽을 힐끔 바라봤다.

눈이 마주친 현비는 조용히 고개를 끄덕였다.

황궁에서 온 의원도 현비의 신호를 보고 말을 이었다.

"알겠습니다. 그럼 인은만 내어 드리면 되겠습니까?"

"자네가 직접 도와주게."

"알겠습니다."

의원이 고개를 끄덕이자, 의녀 두 명이 그의 짐을 들고 왔다.

의원은 한빈의 지시에 따라 황동 대야에 물을 따랐다.

그리고 그 속에 인은 가루를 쏟았다.

황동색 대야는 바로 은색으로 물들었다.

의원은 한빈이 말한 의도를 알고 있었다.

이것은 독을 검출하는 방법 중 하나였다.

의원이 물었다.

"이제 어떻게 하면 되겠습니까?"

"지켜보면 되네."

말을 마친 한빈은 관리를 바라봤다.

"그릇에 손을 담가라."

"네?"

"네 손이 검게 변한다면 네가 살수와 마주했다는 증거니까."

"아."

관리가 탄성을 지르자 한빈을 도와주는 의원이 말했다.

"청운사신 대협의 말이 맞습니다. 인은은 독에 격렬하게 반응을 하죠. 그래서 독이 있는 물체에 붙게 마련입니다. 만약 손에 독이 묻어 있다면 인은이 묻을 테고 묻은 인은은 검게 변할 것입니다."

그의 말에 관리는 마지못해 대야에 손을 넣었다.

관리는 자신의 손이 검게 변할 것이라고는 생각하지 않았다.

살수가 미쳤다고 초대장을 들고 입구로 당당히 들어오겠는가?

이건 한마디로 목숨을 내놓겠다는 말이었기 때문이다.

텀벙.

관리가 손을 넣고 잠시 시간이 지나자 한빈을 도와주던 의원이 말했다.

"이제는 빼셔도 됩니다."

"네, 알겠습니다."

관리는 아무렇지도 않게 손을 뺐다.

순간 주변에서 지켜보던 의원들이 입을 떡 벌렸다.

"진짜 손에 독이 묻어 있어."

"그럼 살수가 초대장을 들고 버젓이 입구를 통과했다는 거네."

"청운사신 대협의 말씀이 맞았어."

"생각지도 못한 일을 어떻게……."

"그러니까 삼존을 넘어서 사존이라 부르는 사람들도 있겠지."

"그렇게 치면 사존이 아니라 적룡대협까지 오존이라 불러야 하지 않겠나?"

"에이, 지금 서열 가지고 싸울 때인가? 이제 범인이 밝혀질 때이거늘."

"그래, 일단 청운사신 대협이 범인을 잡는 것을 지켜보자
고."

"자네나 조용히 하게."

주변은 그야말로 아수라장이 되었다.

뒤쪽에서 조용히 지켜보고 있던 현비마저 입을 떡 벌리고
있었다.

모두가 웅성거릴 때, 한빈이 말했다.

"자네는 잠시 대기하고, 의원 양반은 나를 마저 도와줘야
겠네."

"말씀하시지요, 대협."

황궁에서 나온 의원의 목소리는 더욱 공손해졌다.

힘만 쓰는 것이 무림이라고 들었는데 지금 보니 지략까지
겸비했기 때문이다.

의원의 빛나는 눈빛에 씩 웃은 한빈이 말을 이었다.

"저기 있는 초대장을 검사해 주게."

"그 말씀은……."

"관리의 손에 독극물의 흔적이 남아 있다면 초대장에도 남
아 있는 것이 당연하지 않겠나?"

"네, 저도 그렇게 생각하고 있습니다."

의원은 심각한 표정으로 고개를 끄덕였다.

의녀뿐 아니라 동료 의원들까지도 몇몇이 나와 황궁에서

나온 의원을 도와주기 시작했다.

눈 깜짝할 사이에 초대장 검사는 끝이 났다.

하지만 뜻밖의 결과에, 의원들은 어리둥절한 표정으로 서로를 바라볼 수밖에 없었다.

그때 황궁에서 온 의원이 한빈에게 한 걸음 다가왔다.

"대협, 이상합니다."

"초대장이 인은에 반응을 안 한다는 얘기인가?"

"네, 그렇습니다. 저 관리의 손에는 독극물의 흔적이 검출되었는데, 어떻게 초대장에는 흔적이 없을 수 있습니까?"

"그건 간단한 이유일세."

"제게 가르침을 베풀어 주시지요. 대협."

의원은 정중히 허리를 굽혔다.

지금 상황이 도저히 이해가 되지 않는 의원이었다.

손에서는 독극물의 흔적이 나왔는데 그 원인인 초대장은 멀쩡하다는 건, 달걀 없이 닭이 태어난 것과 마찬가지였다.

뒤쪽에 있는 다른 의원들도 고개를 숙였다.

사건의 실마리를 떠나 사람을 치료하는 의원으로서의 호기심이 고개를 든 것이었다.

모두는 마른침을 삼키며 한빈의 다음 말을 기다렸다.

모두의 시선이 모이자 흡족한 듯 한빈이 말했다.

"이 관리가 받은 것이 초청장만이 아니라는 것이네."

"초청장뿐이 아니라면……."

"과연 무엇을 받았을까?"

한빈은 의미심장한 눈으로 관리를 바라봤다.

관리는 긴장한 듯 목울대를 꿀렁이며 아무 말도 하지 않았다.

그때 한빈이 현령을 바라봤다.

시선이 마주치자 현령은 재빨리 고개를 돌렸다.

그 모습에 한빈이 물었다.

"현령은 짚이는 구석이라도 있는가?"

"저는 잘 모르겠습니다."

현령은 잘 모르겠다는 식으로 고개를 저었다.

그때였다.

뒤쪽에서 폭죽 하나가 공중으로 올라갔다.

그러더니 하늘 위에 파란색 불꽃을 수놓았다.

펑!

불꽃을 본 한빈이 말을 이었다.

"사실, 오늘 내가 잡을 도둑은 두 부류요. 먼저 하나는 현비 마마까지 참석한 이 행사에서 독살극을 벌인 집단이오. 무림인인 내가 왜 관의 일을 돕는지 아시오?"

"……."

"바로 관과 무림을 적으로 만들려는 집단이 있기 때문이오."

"헉, 그런 천인공노할 집단이 있단 말씀입니까?"

"천인공노할 집단이라······. 딱 그 표현이 맞겠군. 그리고 또 하나는 백성의 고혈을 빠는 집단을 찾기 위함이요. 무림인도 나라의 백성이니 내가 두고 볼 수 없는 일이지."

"네, 맞습니다. 백성의 피를 빨다니 대체 어떤 자들입니까?"

"그자들도 지금 이 안에 있소. 지금 이 사건을 해결하게 되면 두 마리의 토끼를 잡게 되는 일이지. 그러니 현령이 나를 좀 도와주시오."

"힘껏 돕겠습니다."

"약속하오?"

"약속드립니다."

현령은 고개를 숙였다. 그 모습에 한빈은 흡족한 듯 고개를 끄덕였다.

한참 동안 현령을 바라보던 한빈이 묘한 웃음을 지었다.

그 웃음에 현령은 움찔하고 한 걸음 뒤로 물러났다.

한빈은 시선을 돌려 현비를 바라봤다.

그 눈빛에 현비는 호위와 함께 다가왔다.

총명한 현비답게 한빈이 자신에게 할 말이 있다는 것을 안 것이다.

현비는 한빈에게 다가와 물었다.

"제게 하실 말씀이라도 있는지요? 대협."

"그렇소, 중요한 일이오. 이 문제는 현비 마마가 결정해야겠소이다."

한빈의 말에 현비가 눈매를 좁혔다.

"무슨 일을 결정해야 하는지요?"

"밝힐 것이냐 덮을 것이냐를 말하는 것이오. 한 곳은 무림과 연관되었지만, 내가 말한 두 번째 집단은 나라와 관련이 있으니 말이오."

"헉, 그게 무슨 말씀입니까?"

"저자는 이 하찮은 연등 행사에서까지 뇌물을 받았소. 초대장 대신 뇌물을 받았기에 초대장에는 독극물의 흔적이 없었던 것이오."

한빈의 말이 끝나자, 현비의 시선은 관리에게 고정되었다.

동시에 장내가 술렁이기 시작했다.

"저 관리가 대협이 말한 두 번째 도둑이었군."

"그런데 집단이라고 했잖아."

"그러고 보니 이상하네."

"그래도 역시 청운사신이야. 그 위명대로 대단해."

그들의 목소리에 관리는 사색이 되어 자신의 두 손을 바라봤다.

말도 안 되는 일이었다.

청색 초대장을 지참한 사람들에게 돈을 받은 일은 있어도, 초대장을 확인하지 않고 뇌물만 받고 그냥 들여보낸 적은 없었다.

하지만 자신의 손에 독의 흔적이 있는 것은 부인할 수 없었다.

어디에서 독이 묻은 것일까?

독살 사건이 왜 자신이 받은 뇌물까지 연결된다는 말인가?

관리는 미칠 것 같았다.

그나마 다행인 것은 때마침 왔던 현령 덕분에 받은 뇌물을 숨길 수 있다는 점이었다.

일단 이 위기를 벗어난다면 모아 둔 재물로 이 일을 무마시키면 되었다.

돈이 있고 권력이 있는 자에게 씌울 죄목은 세상 어디에도 없었다.

게다가 현령은 자신의 편이 아니던가?

주변에서 웅성대는 소리가 더욱 커지자 관리는 애써 가슴을 진정시켰다.

그 모습을 보고 있던 한빈은 진득한 미소를 지었다.

모든 것은 한빈의 계획이었다.

한빈은 연등회에 오며 살생부를 마음속에 새기고 있었다.

물론 입구를 통제하던 관리는 가장 나중에 살생부에 올랐다.

관리가 가지고 있는 초대장에 독극물의 흔적이 나오지 않는 것은 어찌 보면 당연했다.

초대장에 독극물을 묻히고 잠입하는 자객이 어디 있겠는가?

당문호가 그런 실수를 할 리 없었다.

뭐, 당문호를 돕는 세력이 그런 실수를 할 가능성은 더욱 없었다.

관리의 손에서 검출된 독극물의 흔적은 한빈이 묻혀 놓은 것이다.

사실 한빈이 관리에게 준 철전에도 독은 없었다.

한빈이 철전을 준 뒤 그의 손을 꽉 잡았을 때 묻혀 놓은 것이었다.

이 독이 해롭느냐 하면 그렇지도 않았다.

이 독이 다른 곳으로 옮길 수 있느냐 하면 그것도 불가능했다.

이 쓸모없는 독은 오직 관리를 몰아넣기 위한 매개체일 뿐이었다.

뭐, 관리가 눈에 띄지 않았다면 바로 현령부터 옮아 넣었겠지만, 뇌물을 밝히는 관리는 스스로 제 무덤을 판 격이었다.

잠시 상념에 빠져 있던 한빈은 주위를 둘러봤다.

주변의 의원들과 연등회에 참석한 인원들은 이래저래 할 말이 많은지 아직 소란스러웠다.

한빈은 바로 손뼉을 쳐서 그 소란을 잠재웠다.

짝.

그 소리는 가벼운 것 같으면서도 모두를 경직되게 만들었다.

아무런 기세도 실리지 않았지만, 앞서 보여 준 허장성세의 기세가 그들의 뇌리에 각인되었기 때문이었다.

소란이 잦아들자 한빈이 현비를 바라봤다.

현비가 말했다.

"밝혀 주십시오, 대협."

"그럼 좋소. 지금부터 증거를 가져오겠소."

한빈은 손을 높이 들어 손가락을 튕겼다.

딱!

그 소리와 동시에, 연등회가 열리는 바깥쪽이 소란스러워지기 시작했다.

곧 거지들이 들이닥쳤다.

거지들은 상자 하나를 한빈의 앞에 두었다.

거지가 말했다.

"어떻게 할깝쇼?"

"열어라."

"네, 알겠습니다. 대협."

거지가 상자를 열자 그곳에는 철전과 은전이 가득 차 있었다.

사실 대부분이 철전이었지만, 상자에 돈이 들어 있다는 것이 문제였다.

한빈이 거지에게 물었다.

"어디서 났느냐?"

"대협의 말씀대로 입구를 지키다 보니, 관원들이 이 상자를 어디론가 옮기려 했습니다."

"그럼 관원으로부터 빼앗은 것이냐?"

"네, 대협이 시키신 대로 관원들을 안전하게 잠재우고 이곳으로 가져왔습니다."

"수고했다."

말을 마친 한빈은 현비를 바라봤다.

"그렇다는군요. 연등회에 입장료가 있었나요?"

"음."

"그런데 문제는 지금부터요. 원래 물은 한 곳만 썩을 수는 없는 법이오."

"대협, 쉽게 말씀해 주시지요."

"그럼 직접 보여 드리겠소."

말을 마친 한빈은 다시 손을 들었다.

그러고는 손가락을 튕겼다.

딱, 딱.

이번에는 두 번을 튕겼다.

동시에 뒤쪽에서 더 큰 소란이 들려왔다.

"저게 뭐야?"

"그러게?"

"연등회 때문에 들여오는 건가?"

"이 사달이 났는데 연등회 때문에 저 큰 불상을 가져온다고?"

그들의 말대로 지금 뒤쪽에서는 커다란 불상이 이동하고 있었다.

얼마나 큰지 그 불상을 철판에 놓고 그 철판 밑에는 장대를 수십 개를 대 놓았다.

그 장대를 든 거지들이 무려 스무 명.

커다란 불상이 살아 움직이듯 다가오는 모습은 그야말로 장관이었다.

하지만 그 불상을 보고 기겁한 사람도 있었다.

그자는 물론 현령이었다.

현령의 귓가에 한빈의 목소리가 들려왔다.

"알아보겠는가?"

"그러니까, 저 불상은……."

"자네가 관청에 모셔 둔 불상을 내가 가져온 것이지."

"어찌 함부로 관청에 있는 물건을……."

"자네가 협조한다고 하지 않았는가?"

"그, 그건 그렇지만, 왜 신성한 불상을 가져오셨습니까?"

"과연 자네 말대로 신성할까?"

"……."

현령은 아무 말도 하지 못했다.

그때 불상을 옮긴 사람 중 하나가 한빈에게 다가왔다.

"청운사신 대협, 이자의 말대로 신성한 불상이 맞는 것 같습니다."

지금 말한 사람은 유일하게 거지가 아니었다.

그는 백색 무복을 입고 있었으며 그의 소매에는 달빛에 살아 움직일 듯 매화가 꿈틀대고 있었다.

새로운 인물의 등장에 모두는 웅성대기 시작했다.

"화산파다."

"그냥 화산파가 아니야. 저기 소매를 봐 봐. 매화가 꽉 차 있잖아."

"허, 그럼 매화검수?"

"아니지, 그냥 매화검수가 아니라 화산파에서 공을 세운 매화검수임이 분명해."

"청운사신이 화산파와도 연이 있었군."

"정파의 영웅인데, 화산파와 인연이 있는 게 이상한가?"

"그건 맞는 말일세."

술렁임이 잦아들자 한빈이 말을 이었다.

"매화검협, 수고 많았네."

"아닙니다."

"그런데 저 불상이 신성하다니 그게 무슨 말인가?"

"제가 강호를 누비면서 봤지만, 이렇게 무거운 불상은 처음이라서 말입니다."

"허허, 그럼 불상의 속이 꽉 찼다는 얘기인가?"

"그렇지요. 불심으로 가득 차서 그런지, 다른 불상들보다 몇 배는 무겁습니다."

"그럼 내 친히 불심을 확인해 보겠네."

말을 마친 한빈은 품 안에서 철전 하나를 꺼냈다.

그러고는 불상을 향해 쏘았다.

슝!

날카로운 파공성과 함께 철전이 불상의 배 부근에 꽂혔다.

한빈이 노린 곳은 불상의 구조에 있어서 가장 약한 부분이었다.

거기에 더해 백발백중의 수법은 한 치의 오차도 없었다.

순간 묘한 소리가 났다.

쩌적!

동시에 불상이 허물어지며 안에 든 내용물이 튀어나왔다.

투두둑.

마치 무너진 댐을 타고 흘러내리는 강물처럼 온갖 재물이 흘러나왔다.

그 모습에 한빈이 말했다.

"제가 밝힐 부분은 여기까지요. 나머지는 관에 맡기는 것이 맞겠지요."

"허, 그렇군요. 감사합니다. 대협."

현비가 허탈한 표정으로 현령을 바라봤다.

그 시선에 현령은 분한 건지 아니면 두려운 것인지 어깨를 가늘게 떨고 있었다.

현비는 현령이 두려워서 떠는 것이라 판단했다.

뇌물을 받는 것은 관리 사이에서는 공공연한 일이다. 그러나 이렇게 만천하에 밝혀지면 무사할 수 없을 터.

물론 주변은 당연히 아수라장이 되었다.

불상 속에서 온갖 재물이 쏟아지자 그들의 뇌리에 더 강렬하게 박힌 것이다.

아마도 내일 아침 정도면 몇십 배로 부풀려져 세상에 퍼질 것이 자명했다.

그때였다.

현령이 악을 쓰며 외쳤다.

"나만 뇌물을 받았더냐? 나만 죄를 저질렀더냐? 자객을 밝히는 일이 끝나지도 않았거늘, 왜 나를 핍박하는 것이냐! 누가 너를 보내 나를 해하려 시켰느냐? 누구냐?"

현령은 한빈을 향해 걸어왔다.

허장성세의 기세에 눌렸지만, 다 죽게 생겼는데 악에 받쳐 달려드는 건 당연한 일.

한빈은 무표정하게 말했다.

"누가 보낸 것인지는 하늘에 물어보아라!"

"하늘이 어디 있느냐? 돈 있는 자가 하늘이지!"

말을 마친 현령은 옆을 힐끔 보다가 병사가 든 칼을 낚아 챘다.

그러고는 재빨리 한빈을 향해 달려들었다.

스릉!

파바박.

모두가 현령을 향해 달려왔다.

하지만 현령의 속도는 제법 빨랐다.

한빈은 그 모습이 재미있다는 듯 웃었다.

그러고는 품에서 다시 철전 하나를 꺼내 현령을 향해 날렸 다.

획!

조용히 날아간 철전은 현령이 달려오던 속도와 맞물리자 제법 강하게 그의 몸에 박혔다.

푹!

동시에 현령이 바닥을 굴렀다.

데구르르.

몇 번을 구르던 현령이 대자로 뻗었다.

장내는 더욱 술렁였다.

한빈은 술렁임에도 아랑곳하지 않고 조용히 현령을 바라 봤다.

현령은 한빈의 살생부에 언제 올랐을까?

뭐, 백성들의 고혈을 짜냈기 때문에 죽는 것은 아니었다.

당문호와 관계가 있다는 그 자체로 살생부에 오른 것이다.

당문호와 이간질을 시킨 후 현령까지 제거해야 후환이 없어진다.

모든 일을 처리한 이후 당문호와 다시 작당하는 일도 없어야 하고, 적에게 포섭당해 한빈 일행을 공격하는 일도 없어야 했다.

혹시라도 조정에 있을 적이 자중지란을 일으키는 씨앗이 되어야 했다.

아마도 그들은 서로를 의심할 것이다.

거기에 더해 뇌물을 전달하러 갔을 때 현령에게 나던 기분 나쁜 기감은 한빈의 마음속에 있는 살생부에 굵은 글씨를 남기기에 충분했다.

한빈은 주변을 바라봤다.

관리가 아닌 일반 백성들도 몇몇 보이는데 그들은 하나같이 웃음을 참고 있는 것처럼 보였다.

즉, 죽어 마땅한 자라는 증거였다.

모두가 웅성거리고 있을 때 한빈이 아무렇지 않게 말했다.

"그럼 이제부터는 제가 말한 첫 번째 집단을 밝힐까 하오. 저는 벌써 범인을 알아냈소이다."

"그게 정말입니까? 첫 번째라면 무림과 관을 적으로 만들려는……."

현비는 말을 맺지 못했다.

어디선가 소란이 일어났기 때문이다.

"잡아라!"

"모두 포위하라!"

"빨리 지원을……."

그 외침들은 중독된 여인을 보호하고 있던 곳에서 나온 것이었다.

당황한 현비가 물었다.

"혹시, 증인을 없애기 위해 온 것입니까?"

"그런 건 아닐 것이오."

한빈은 아무렇지 않게 손을 저었다.

현비를 호위하고 있는 두 명의 호위는 칼을 빼 들고 주변을 경계했다.

그때 병사 하나가 다급히 장후에게 뛰어왔다.

"큰일 났습니다."

"보고하라."

"증인이 도망쳤습니다."

"그게 무슨 말이냐?"

"그, 그게 증인이 갑자기 일어나더니 포위를 뚫고 도망쳤습니다."

"정확히 보고하라. 증인을 해하기 위해 적이 온 것이 아니라 증인이 도망쳤다는 이야기냐?"

"네, 맞습니다. 정신을 차린 증인이 병사들을 제압하고는 사라졌습니다."

"흠."

장후는 난감한 표정으로 청운사신, 즉 한빈을 바라봤다.

시선을 마주한 한빈은 진득한 웃음을 지어 보였다.

그 모습에 현비가 끼어들었다.

"대협, 혹시 짐작 가는 거라도 있으신지요?"

"중독된 여인이 범인 중 하나라는 것은 이미 알고 있었소."

"그게 무슨 말씀이신지요?"

"사실 오늘 일은 미리 알고 있었소."

"대, 대체 그게……."

"말하자면 조금 길지만, 천천히 말씀드리겠소. 여기 있는 당문호가 얼마 전 저를 찾아왔소. 그러니까……."

한빈은 입에 물레방아를 달아 놓은 듯 일정한 어조와 일정한 속도로 빠르게 말을 이었다.

물론 진실에 거짓이 섞인 내용이었다.

설명을 듣던 현비의 눈은 점점 커졌다.

그의 말에 의하면, 당문호에게 은밀한 제안이 들어왔다고 한다.

그 은밀한 제안은 사천당가와 황실을 적으로 만들어 무림과 관의 사이에 틈을 만들자는 것이었다.

그 은밀한 제안을 당문호는 받아들였고 말이다.

하지만 그 제안을 받아들인 이유는 전혀 달랐다.

그것은 나라를 좀먹는 집단의 정체를 밝히기 위해서였다고 한다.

그 집단의 정체를 알아내려면 가문을 희생시켜야 하는 상황.

당문호는 가문을 희생시켜서라도 나라를 구하고 싶었다고 했다.

물론 이건 한빈이 지어낸 이야기였다.

한빈은 거기에 한 가지 이야기를 더 얹었다.

칠음현에서 음모가 이루어지는 만큼 당문호는 부패한 관리들의 치부도 낱낱이 들추고 싶었다는 것이다.

청운사신은 이를 돕기 위해 자신의 제자와 머리를 맞댔고 말이다.

그 결과가 지금 눈앞에 펼쳐진 광경이었다.

얘기를 듣던 당문호는 미칠 것만 같았다.

어찌 보면 충신으로 포장하는 것이 같았지만, 한빈의 말 한마디 한마디는 비수였다.

관리의 치부를 고발했다는 것은 이제 더 이상 정계에 발을 붙일 수가 없다는 것이다.

시답지 않은 명분 가지고 목을 걸지만, 그들이 들추지 않는 것이 딱 하나가 있었다.

그것은 뇌물이었다.

그것은 서로 잘 먹고 잘 살자는 관리들 간의 불문율이었다.

물론 청렴한 관리도 있었지만, 그런 관리들조차 혼자 청렴하게 일을 수행할 뿐이지, 상대의 치부는 들추지 않았다.

당문호는 이로써 모든 관리의 적이 되었다.

흐린 물에서는 살 수 없는 물고기가 되어 버린 것이다.

하지만 문제는 더 큰 곳에 있었다.

그것은 바로 자신과 이 음모를 꾸민 집단이었다.

그들은 당문호가 어디에 숨든 찾아내어 목숨을 거둘 자들이었다.

당문호는 슬쩍 청운사신의 눈동자를 보았다.

날카로운 눈빛은 그의 속을 가리고 있는 것 같았다.

청운사신의 머릿속에 어떤 계산이 들어 있는지, 당문호는 도저히 알 수 없었다.

하지만 당했다는 그 한 가지는 알 수 있었다.

한빈의 설명이 끝나자 현비가 당문호를 바라봤다.

"청운사신 대협의 말이 맞는가?"

"……"

당문호는 아무런 답도 할 수 없었다.

점혈을 당했기 때문이었다.

점혈뿐 아니라 청운사신에게 중독까지 당했다.

그때 한빈이 당문호의 혈도를 풀어 주었다.

픽.

그제야 당문호는 움직일 수 있었다.

당문호는 자리에서 일어나 말했다.

"사실입니다."

말을 마친 당문호는 포권하며 고개를 숙였다.

표정을 숨기기 위해서였다.

당문호의 표정은 한마디로 죽을 사(死)를 새겨 놓은 것처럼 일그러져 있었다.

자신이 인정하면 죽는다는 것을 알기 때문이었다.

즉, 같이 음모를 꾸민 자들 혹은 현령과 같은 당파에게 죽임을 당할 것이 분명했다.

하지만 청운사신에게 중독된 이상, 눈앞에 닥친 죽음으로부터 벗어나는 것이 먼저였다.

"내 황제 폐하께 너의 공을 보고해 치하하겠다."

"감사합니다, 마마."

당문호는 다시 고개를 숙였다.

현비는 시선을 돌려 한빈을 다시 바라봤다.

"그럼 도망친 여인은 대체 어떻게 되는 건가요? 대협."

"그 얘기는 비밀이지만, 현비 마마께는 특별히 말씀드리겠소."

한빈은 내기를 끌어올렸다.

물론 기막을 펼치기 위해서였다.

순간 주변은 정적에 휩싸였다.

주변에서 웅성거리던 이들은 기막이 펼쳐지자 안의 대화를 궁금해했다.

한마디로 재미있게 읽던 책이 끊긴 기분이었다.

그들은 숨도 쉬지 않고 현비와 한빈의 대화를 듣기 위해 귀를 기울였다.

하지만 아무런 소리가 나지 않자 탄성을 터뜨렸다.

"대단하구먼, 저런 기막이라니!"

"그럼, 역시 청운사신이야. 완전히 영웅이군."

"현 무림삼존과 청운사신이 겨루면 누가 이길까?"

"에이, 같은 정파끼리 왜 싸워?"

"그러게 말일세."

여기저기서 쓸데없는 이야기가 이어질 때, 멀리 있던 악비광은 팔짱을 끼고 한숨을 쉬었다.

"대단하군, 영웅이 만들어졌어."

"자네 말대로 정파의 영웅이 만들어졌네."

"아, 서 대협! 언제 오셨습니까? 자리를 지키셔야 하는 거 아닙니까?"

"내 할 일은 끝났네. 그러고 보니 팽 공자가 언젠가 했던 말이 기억나는군."

"무슨 말입니까?"

"죄인도 영웅도 만들기 나름이라고 했지. 그런데 지금 보니 맞는 것 같군."

"하하!"

악비광은 제법 큰 소리로 웃었다.

하지만 그 웃음에 신경을 쓰는 이는 아무도 없었다.

한편, 기막을 펼친 한빈은 바로 입을 열지 않았다.

펼쳐 놓은 기막에 이상이 있는지를 확인해야 했기 때문이었다.

한빈이 내공으로 펼친 기막 사이에는 현비와 팔공주, 그리고 한빈만이 있었다.

기막에 이상이 없음을 확인한 한빈이 그제야 입을 열었다.

"피라미는 잡아 봤자, 국을 끓여도 맛이 덜한 법이지 않소?"

"그게 무슨 말인지요?"

"대어를 잡기 위해 도망친 여인을 미끼로 쓴다는 말이오."

"미끼라면······."

"아까 그 여인에게 해약을 먹인 것을 기억하오?"

"네, 기억합니다."

"실은 그건 독약이었소. 내가 해약을 주지 않는다면 앞으로 평생 관절 마디마디 그리고 장기가 끊기는 듯한 고통 속에 살 것이오."

"허, 그런 일이······."

"당문호라는 첩자를 심어 놓은 만큼 우리도 미끼를 던질 필요가 있소이다."

"당문호가 첩자라고 하셨습니까?"

"아까는 거짓이었소. 그와 협조하는 자들이 자중지란에 빠지게 하기 위함이었소. 그러니 그에게 상을 내릴 필요는 없소."

"허허, 그렇게 깊은 뜻이 있을 줄을 몰랐습니다. 놀라운 계책이군요."

"조금 비겁한 계책이지만 그 방법 말고는 대어를 낚을 방법은 없었소."

"그런데 중독된 여인이 당문호와 내통한 적이라는 것을 언제 아셨습니까?"

"그냥 보고 알았소."

"대체 어떻게 외모만 보고……."

"그런 말이 아니오. 의녀와 시녀의 장신구가 똑같았소."

"장신구를 보고요?"

"의녀와 시녀의 장신구가 똑같더이다. 하나는 금방울이 달려 있었고 다른 하나는 은방울이 달려 있었소. 그런데 둘은 서로 알은체를 한 번도 안 하더이다. 서로 마주쳤는데도 말이오. 만약 둘이 알은체라도 했다면 의심을 안 했을 것이오."

"헉, 그럼 아까부터 이곳에 계셨다는 거네요?"

"그건 비밀이오."

"저는 대협을 이해해요. 황궁에서도 비밀이라는 게 많거든요. 사실 비밀이 아닌 게 드물죠."

"그렇게 생각해 주니 다행이오. 그럼 나는 이만 물러나겠
소."

"잠시만요, 대협. 나중에 대협의 도움을 받으려면 어떻게
해야 합니까?"

"황실에서 한낱 무림인인 제 도움을 받을 일이 있겠소?"

"사람 일이라는 건 모르는 것 아닙니까?"

현비가 눈을 빛냈다.

이 험난한 세상에서 관과 무림이 별개라 하지만 상호 협력
은 필수였다.

한빈은 허허롭게 허공을 보다 말을 이었다.

"내 제자를 찾으시오. 이번 일도 내 제자의 도움이 반이었
소."

"제자라 하면……."

"하북팽가의 막내 공자요."

"하북팽가의 막내 공자라면……."

현비의 눈빛이 묘하게 떨렸다. 한빈도 묘한 상황에 재빨리
물었다.

"아는 사이오?"

"네, 알고 있다마다요. 우리 효명의 병을 고쳐 준 것이 바
로 하북팽가의 막내 공자입니다. 이런 인연이 있다니 놀랍
네요."

"내 제자의 일을 내가 몰랐다니 나도 놀랍군요."

"뭐, 세상에 알려진 일은 아닙니다. 우리 효명이는 어릴 적부터 희귀한 절맥증을 앓고 있었습니다. 어의가 말하길, 천산혈랑의 내단 없이는 하늘이 두 쪽 나도 치료할 수 없다고 하더군요."

"흠."

한빈은 헛기침하며 이전 일들을 떠올렸다.

천산혈랑의 내단 하나는 자신이 먹었고 하나가 남아 있는 상태에서 황실에 바쳤었다.

그후, 누군가를 그 내단으로 치료했다고 들은 기억이 났다.

그게 아마 여덟 번째 공주라 했던 것 같았다.

한빈은 인연이라는 게 참 질기다고 생각했다.

현비는 옆에 있는 효명을 가리키며 말을 이었다.

"그 덕분에 우리 효명이가 병을 털고 일어날 수 있었습니다. 그런데 이번에도 나라를 구하는 데 도움을 줬다니, 하북 팽가의 막내 공자에게는 큰 상을 내려야겠군요."

그때였다.

고개를 푹 숙인 채 대화를 듣고 있던 효명 공주가 현비의 소매를 잡아끌었다.

"어마마마, 제게 좋은 상이 생각났어요."

"상이라니 그게 무슨 말이냐?"

"그게 저⋯⋯."

효명은 자신을 가리키며 말끝을 흐렸다.

그 모습에 현비가 웃었다.

"그러지 않아도 네 짝으로 정해 놨으니 그건 걱정하지 말아라."

"흡."

한빈은 자신도 모르게 헛숨을 들이켰다.

자신도 모르게 짝이 정해졌다니 당황한 것이다.

당황도 잠시, 한빈은 슬쩍 효명을 바라봤다.

현비의 미색을 꼭 빼닮은 아이였지만, 그래도 어린애일 뿐이었다.

표정을 감춘 한빈이 재빨리 상황을 수습하기 위해서 말을 이었다.

"내 제자는 아직 혼례를 치르려면 멀었소. 그리고 혼례나 치를 정도로 무림의 정세가 평화롭지 못하오."

"그렇군요."

현비가 아쉬운 듯 한빈을 바라볼 때, 효명이 끼어들었다.

"네 살 차이면 궁합도 안 본다고 하잖아요."

"네 살이라고? 그럼 네가 열여섯이란 말이더냐?"

"네, 맞아요."

효명이 눈을 빛내며 말하자 한빈이 말을 이었다.

"내 제자는 나이와 관계없이 혼례에 대한 생각은 없을 것이다."

"대협 할아버지 너무해요. 왜 제자의 앞날을……."

효명은 말을 잇지 못했다. 다급하게 현비가 그녀의 입을 막았기 때문이다.

효명의 입을 막은 현비가 말을 이었다.

"앞으로도 저희를 도와주시기 바라요, 청운사신 대협."

"그건 약속하리다."

"그리고 근래에 꼭 뵙길 빌어요."

"그건 약속을 못 하겠소이다. 만약 이번 일에 따른 상을 내리려면 내 제자에게 내리시오."

"참, 이건 미리 드리겠습니다."

현비는 손에 쥔 패 하나를 한빈에게 건넸다.

그 패를 본 한빈이 눈매를 좁혔다.

그것은 황룡 패보다도 한 단계 위에 있는 금룡 패였다.

"고맙게 잘 받겠소. 그리고 마지막으로 부탁 하나만 하겠소……."

말을 마친 한빈은 금룡 패를 품 안에 넣었다.

"네, 그렇게 하도록 하지요."

현비가 고개를 끄덕이자 한빈은 기막을 풀고 주변을 살폈다.

한빈이 기막을 풀었지만, 사람들은 마른침을 삼키며 그들의 대화에 집중했다.

모두의 시선이 집중된 가운데, 한빈은 자리에서 사라졌다.

사사-삭.

어찌나 빠른지 일렁이는 그림자조차 남기지 않았다.

더해 움직임도 어찌나 은밀한지, 사람들이 들고 있는 횃불도 꺼지지 않았다.

놀란 이들은 아무도 입을 열지 않았다.

처음으로 입을 연 사람은 역시 현비였다.

"절세고수는 소리 없이 왔다가 바람처럼 사라진다더니, 그 말이 오늘에서야 실감 나는구나."

"그래요, 어마마마. 저 할아버지를 설득해서 꼭 그분을 볼 거예요."

"일단 급한 일부터 처리하고 나서 얘기하자, 효명아."

말을 마친 현비는 중앙에 서서 외쳤다.

"모두는 들어라! 현령과 관리는 즉시 투옥하도록 하고 이 재물은 칠음현에서 나온 것이니 칠음현의 궁핍한 백성을 위해서 쓸 수 있도록 조치하라. 그리고……."

현비는 황실이 백성을 위한다는 것을 최대한 부각시키기 위한 조치를 취했다.

병사들은 일사불란하게 상황을 정리했다.

중앙에 있던 불상과 부패한 관리가 정리되자, 현비는 청운 사신이 한 말을 떠올리고는 입을 열었다.

그리고 장후와 호위에게 말했다.

"축제를 계속 진행하도록 해라."

"네?"

"못 들었는가? 상황이 수습되었으니 입구를 열고 축제를 진행하라."

"아무리 그래도……."

"태풍이 지나가면 해가 뜨는 건 당연한 일이다. 모두가 연등회를 즐기도록 입구를 개방하도록 하라!"

현비의 말에는 위엄이 실려 있었다.

두 명의 호위와 장후는 재빨리 현비의 지시를 전달했다.

차 한 잔 마실 시간이 지나자 연등회의 행사가 다시 시작되었다.

폭죽이 여기저기서 터지고 강 중앙에 있는 배 위에서는 무희들이 춤을 추었다.

현비는 자리에 앉아 청운사신이 한 말을 곰곰이 떠올려 봤다.

사실 이해가 안 되는 것도 한 가지 있었다.

독을 먹여 적을 첩자로 만들었다고는 하지만 적이 어떻게 청운사신을 찾아갈 수 있는가 하는 점이다.

정보에서는 뒤지지 않은 황실도 청운사신이라는 사람을 찾기가 불가능할 텐데 말이다.

오호단문도의 비밀

상념에 잠긴 현비의 눈동자에 불꽃이 일었다.

대형 폭죽이 터지며 밤하늘을 수놓았기 때문이다.

팡!

오색 불꽃이 난을 그리듯 포물선을 그리며 내려왔다.

하지만 현비는 그 광경이 눈에 들어오지 않았다.

"영웅이라……."

말끝을 흐린 현비는 조용히 강가를 바라봤다.

달빛을 받은 강물은 제법 세차게 굽이치고 있었다.

강호니 황궁이니, 어찌 보면 저 강물과 같은 것 같았다.

이리 부딪히고 저리 부딪혀도 언젠가는 계속 흘러가니 말이다.

음지에서 평생을 살아온 쌍둥이 자매가 있었다.

그들의 이름은 금령과 은령이었다.

이 둘은 자신을 부리는 자가 누군지도 모르는 상태에서 자객으로 훈련받았으며, 임무를 수행해 왔다.

그녀들의 이름처럼 금령의 머리에는 금색 방울이, 은령의 머리에는 은색 방울이 달려 있었다.

그들은 변복을 해도 이 방울만큼은 바꾸지 않았었다.

방울을 다는 이유는 간단했다.

태어날 때부터 목에 걸려 있던 방울만이 자신들의 존재를 나타내 주는 상징이 될 수 있다고 생각했기 때문이었다.

방울에 대해서는 그녀들의 주인도 뭐라 한 적이 없었다.

그녀들이 내려온 임무를 실패한 적이 없으니 말이다.

이제껏 임무를 실패한 적이 한 번도 없었던 금령과 은령에게, 오늘 처음으로 위기가 찾아왔다.

금령은 의녀로 변복했으며 은령은 황궁의 시녀로 변복했었다.

그들의 행동이 얼마나 자연스러운지, 황궁의 호위들도 그녀들을 이상하게 생각하지 않았다.

그런데 문제가 생긴 것이다.

청운사신이라는 자가 나타나더니 임무를 훼방 놓는 것도

모자라 그녀들의 생명을 위협했다.

물론 이런 생각을 하는 것은 은령이었다.

의녀로 변복했던 금령은 지금 새어 나오는 비명을 참기 위해 입술을 깨물고 있었다.

은령은 청운사신의 모습을 떠올리고는 이를 부득 갈았다.

금령은 의식을 잃었었다. 물론 단지 중독된 척하고서 귀식대법을 펼친 것뿐이었다.

삼절추혼독에 중독된 것처럼 보이도록 말이다.

그런데 청운사신이라는 자가 은령의 언니 금령에게 이상한 약을 먹인 것이다.

덕분에 귀식대법도 풀리고 중독 현상도 풀렸다.

이러한 조치로 인해, 정체가 발각된 것이라 판단한 금령과 은령은 포위망을 풀고 재빨리 도망쳤다.

하지만 포위망을 뚫고 얼마 안 가서 금령이 발작하기 시작했다.

몸을 배배 꼬더니 급기야는 흙바닥에 구르기 시작한 것이다.

은령은 그제야 청운사신이 먹인 것이 극독이라는 것을 깨달았다.

그렇다고 다시 되돌아갈 수도 없는 일.

은령은 눈을 까뒤집고 괴로워하는 금령을 보고는 미칠 것만 같았다.

대협이라더니? 이건 사파나 마교의 마두도 찜 쪄 먹고 갈 악마였다.

은령의 이마에 땀이 송골송골 맺혔을 때였다.

눈앞에 백색 옷을 입은 여인이 있었다.

달밤에 혼자 있기에 다 큰 어른이라고 생각했지만, 가까이 가서 보니 여자아이였다.

게다가 당과 꼬치까지 들고 있었다.

그 모습이 영락없는 어린아이였기에, 은령은 바로 신경을 껐다.

그때였다.

"윽, 그냥 날 죽여 줘!"

금령의 비명이 숲에 울렸다.

은령은 재빨리 금령의 입을 막고 아무렇지 않게 여자아이를 지나치려 했다.

그때였다.

여자아이가 감정 없는 목소리로 혼잣말을 뱉듯 말했다.

"참을 만한가?"

그 말에 은령이 눈매를 좁혔다.

분명 어린 소녀의 그 말은 언니와 자신에게 한 말이었다.

은령이 금령을 내려놨다.

"언니, 잠시만 참아, 이년 좀 손봐 주고 다시 부축할게."

은령이 금령을 내려놓자마자 비명이 다시 숲속에 울렸다.

손에서 벗어난 금령이 다시 발작하기 시작한 것이다.

하지만 뭔가 아는 것 같은 백색 의복의 소녀를 그냥 놔둘 수는 없었다.

일단 백색 무복의 소녀를 제압하고 필요한 정보를 얻는 것이 맞았다.

은령이 막 검을 빼어 들려던 때였다.

갑자기 흰색 암기가 은령의 눈앞으로 날아왔다.

은령은 검을 빼 들 시간이 없었다.

검집 그대로 들어 암기를 쳐 내려 했다.

검집이 흰색 암기를 쳐 내려던 바로 그 순간, 은령의 귓가에 목소리가 울렸다.

"왜 해약을 줘도 난리야."

순간 은령은 아차 하며 검집을 내리고 소매로 암기처럼 보이는 물체를 받았다.

푹!

그것을 받은 은령은 고개를 갸웃했다.

그 소녀의 말대로 암기가 아니라 호리병이었다.

간신히 검을 멈춘 것을 다행이라 생각하고 있을 때, 소매로 받은 호리병이 미끄러져 내렸다.

획.

아래로 떨어지는 호리병을 본 은령은 재빨리 움직였다.

하지만 정신이 없었던 것일까?

아니면 지쳤기 때문일까?

은령의 손이 호리병이 떨어지는 속도를 따라잡지 못했다.

바닥에 있는 돌부리에 호리병이 부딪히려고 할 때였다.

하얀 손이 호리병을 낚아챘다.

순간 은령은 석상이 되어 버렸다.

호리병을 들고 있는 것은 백의의 소녀. 그 소녀는 조금 전까지 세 걸음 넘게 떨어진 곳에 있었다.

그런데 바로 코앞까지 와서 호리병을 낚아채다니!

문제는 자신의 코앞까지 오는 동안, 자신은 백의 소녀의 움직임을 눈치채지 못했다는 것이었다.

만약에?

은령은 백의 소녀가 나쁜 마음을 먹었다면 자신의 목이 바닥에 뒹굴고 있을 수밖에 없었으리라는 것을 깨달았다.

은령은 황당함에 자신도 모르게 물었다.

"누구냐?"

"설화."

"설화라고? 혹시 단체?"

"내 이름."

설화는 짧게 답했다.

설화는 지금 한빈의 지시로 여기에 왔다. 뭐, 한빈이 이런 지시를 내린 이유는 간단했다.

적들이 어떻게 한빈을 찾아오게 만들 수 있을까?

해답은 간단했다.

그들에게 전언을 남기면 될 일이었다.

그 전언을 남기는 일을 맡은 것이 바로 설화였다.

설화는 덕분에 눈코 뜰 새 없이 바빴다.

서재오가 비밀리에 운반해 오는 불상을 알려야 했으며, 금령과 은령이 포위망을 뚫고 나올 때 그들을 추격해야 했다.

설화의 짤막한 답에 은령이 다시 물었다.

"그 호리병은 뭐지?"

"해약."

"해약이라니?"

"쟤가 먹을 해약."

"조금 더 자세히 말해 봐라."

"네 말이 짧으니 자세히 말해 주는 건 불가능해."

"흠."

은령은 침음을 뱉으며 설화를 바라봤다.

상대의 말은 모두 맞았다. 자신의 말이 짧은 것도 맞았고 정체를 파악하기도 전에 적의를 보인 것도 맞았다.

가장 큰 문제는 상대의 경지를 추측할 수가 없다는 점이었다. 즉, 자신보다 경지가 위라는 것.

그런데 얼굴만 보면 지나가다가 흔히 볼 수 있는 동네 아이 같았다.

그런데 어찌 무공의 경지를 추측할 수도 없다는 말인가?

혹시 반로환동?

여러 의문 속에 은령은 자신이 상대에게 무례를 범하고 있음을 깨달았다.

적이든 아군이든 상대는 자신보다 위였다.

그렇다면 조금은 예의를 차릴 필요가 있었다.

"부탁드려요. 이 해약이 뭐죠?"

"아까 청운사신이 먹인 극독에 대한 해약이에요. 한 번 먹으면 효능은 십 일. 이 호리병에 들어 있는 것은 세 알. 즉 한 달 치 해약이죠."

설화의 말투가 공손해졌다.

딱 봐도 나이가 많은 이들에게 하대하고 싶지는 않았다. 그렇다고 상대가 무시하는데 도와주고 싶은 마음은 눈곱만큼도 없었다.

눈에는 눈.

이에는 이.

그것이 설화가 한빈에게 배운 강호 철학이었다.

호리병을 들고 머뭇거리자 설화가 말했다.

"일단 먹여 봐요. 저렇게 괴로워하는데 불쌍하지도 않아요?"

"헉!"

은령이 비명을 질렀다. 그제야 땅에서 데굴데굴 구르는 언니가 떠오른 것이다.

그녀의 언니 금령은 얼마나 굴렀는지 지금은 십 보 밖으로 벗어나 있었다.

설화가 다시 호리병을 건넸다.

"자, 여기요."

"……."

은령은 고맙다는 말을 할 사이도 없이 금령에게 뛰어갔다.

"언니, 입 벌려."

"아악!"

금령이 비명을 지르는 사이에 은령은 호리병에 든 환약을 털어 넣었다.

순간 언제 그랬냐는 듯 비명이 멈췄다.

바닥에서 데굴데굴 구르던 금령의 동작도 멈췄다.

마치 먼 길을 뛰어온 듯 심호흡을 할 뿐이었다.

"후……."

숨을 들이쉰 금령이 깨어났다.

그녀는 언제 아팠냐는 듯 설화를 노려봤다.

"넌 대체 누구냐?"

"아까 재한테 얘기했으니 물어봐."

설화가 기분 나쁜 듯 눈매를 좁히자, 옆에 있던 은령이 금령의 소매를 잡아끌었다.

"언니, 잠시만."

은령은 금령을 잡아끌고 잠시 돌아서서 귓속말로 설화에 대한 정보를 전했다.

다 듣고 난 금령이 다시 설화에게 말했다.

"죄송합니다. 저를 구해 주신 분이군요. 은혜에 감사드립니다."

"감사는 됐고요. 이거나 읽어 봐요. 동의하면 서찰에 써 있는 대로 하면 되고, 싫다면 그것도 서찰에 써 있는 대로 하세요."

설화는 품속에서 서찰 하나를 꺼내 금령에게 전했다.

금령을 말없이 서찰을 받아 들었다.

서찰을 읽어 나가던 금령의 눈가가 파르르 떨렸다.

그도 그럴 것이, 서찰에는 자신에게 내리는 지령이 쓰여 있었다.

정보를 전하는 곳은 곳곳에 있는 개방 분타였고.

개방 분타에 청운사신에게 보내는 정보를 보름마다 보내야 한다는 것이었다.

그러면 개방 분타에서는 해약을 내줄 것이라고 했다.

가장 무서운 대목은 해약을 먹는 시기가 조금이라도 늦는다면 해약으로도 발작을 멈출 수 없다는 것이었다.

말이 십 일이지, 정신을 바짝 차리고 하루 정도는 일찍 해약을 복용해야 할 판이였다.

서찰을 보며 어깨를 가늘게 떨고 있는 금령에게 설화가 말했다.

"싫으면 말고. 나는 그만 가 볼게요."

"잠시만, 내가 너를 잡아서 청운사신을 협박한다면?"

"과연 잡을 수 있을지 모르겠네?"

설화는 그녀의 물음에 똑같이 물음으로 받아친 뒤 해맑게
웃었다.

그러고는 당과 꼬치를 하나 빼 들고는 한 입 베어 물었다.

그 순간, 설화의 신형은 자리에서 사라졌다.

사사ㅡ삭.

설화도 이제 구결십팔보를 팔 성 이상 펼칠 수 있었다.

덕분에 금령이나 은령 모두 설화가 어디로 갔는지조차 알
수 없었다.

그 움직임이 어찌나 은밀한지 산새들조차 낌새를 느끼지
못했다.

금령이 입술을 잘근잘근 깨물자, 옆에 있는 은령이 말했
다.

"언니, 일단 시키는 대로 하자. 어차피 우리야 누구의 지시
를 받든 상관없잖아."

"……."

금령은 답하지 않았다.

지금까지 그녀에게 지시했던 자는 키워 준 은혜라도 있지,
청운사신은 자신을 고통스럽게 만든 자였다.

그렇다고 이 서찰을 무시할 수 없는 것이, 방금까지 내장이 녹는 듯한 고통을 맛봤었다.

만일 다시 이런 고통을 겪게 된다면?

그냥 목숨을 끊는 것이 편하다고 금령은 생각하고 있었다.

"휴……."

금령의 한숨 소리가 컸는지 주변에 있던 짐승들이 흩어졌다.

설화가 향한 곳은 연등회가 열리는 장소였다.

펑, 펑.

아직도 폭죽이 터지고 있었다.

끊이지 않는 음악 소리는 연등회에 모인 이들을 즐겁게 했다.

한빈은 아무 일도 없었다는 듯 원래 있던 자리에 앉아 있었다.

다만, 악비광 이외에 서재오가 추가됐다는 것만이 달라졌다.

설화가 나타나자 한빈이 웃었다.

"수고 많았어, 설화야."

"저, 궁금한 게 있는데요."

"뭔데?"

"잠시만 이리로……."

설화가 손짓하자 한빈이 고개를 갸웃하며 일어났다.

설화는 악비광과 서재오에게서 떨어진 곳에서 심각한 표정으로 물었다.

"혹시 그거 무슨 독약이에요?"

"독약이라니?"

"그 여자한테 먹인 독이요. 가서 보니 말도 안 되게 고통스러워하던데요. 그리고 십 일에 한 번씩 먹지 않으면 계속 그런 고통을 겪어야 한다는 게 맞아요? 아무리 생각해도 그런 독은 들어 본 적도 없어서요."

설화의 표정은 사뭇 심각했다.

설화가 이렇게 진지하게 묻는 이유는 한 가지였다.

그녀도 한빈에 의해 독을 먹은 적이 있었기 때문이다.

설화의 눈빛을 본 한빈이 답했다.

"궁금해?"

"네, 궁금해요."

"오늘 수고했으니 특별히 공짜로 말해 주지. 그런 독이 있다고 해도 만들려면 얼마나 고생하겠어? 그리고 돈이 얼마나 들어가겠어? 그리고 설령 만들었다고 해도, 그런 독을 왜 개네처럼 피라미한테 써?"

"그럼요?"

"고통스러운 건 맞는데 그건 이번뿐이야."

"십 일에 한 번 먹어야 한다는 건요?"

"그거야 거짓말이지. 뭐, 그 정도 고통을 겪었으니 딴생각은 안 할 거야."

"그럼 왜 개방의 분타에 가서 약을 타라고 하신 거예요?"

설화가 호기심 가득한 얼굴로 물었다.

한빈은 아무것도 아니라는 듯 어깨를 으쓱하며 말을 이었다.

"아, 그거? 별거 없어. 어쨌든 그 친구들을 통제할 해약은 있어야 하잖아. 뭐, 상징적인 거지. 대충 아무거나 환약 모양으로 뭉쳐서 주라고 해 놨다."

한빈이 장난스럽게 웃었다. 하지만 그의 말에는 철저히 계산된 계략이 숨어 있었다.

청운사신이라는 이름으로 쓴 독이었다.

그가 보낸 서찰이 가짜라 생각할 사람이 있겠는가?

그렇다고 직접 시험해 볼 수도 없는 것이다. 조금이라도 늦으면 해약으로도 발작을 멈출 수 없다는 단서를 붙여 놓았으니까.

한빈의 웃음을 본 설화가 물었다.

"혹시 제게 썼던 것도……?"

설화가 말끝을 흐리며 한빈을 바라봤다.

한빈은 아무렇지 않게 말을 이었다.

"뭐, 비슷하지."

한빈이 사람 좋은 얼굴로 웃자, 설화가 울먹이며 소매를 잡았다.

"감사해요, 공자님."

"이제 알았으니 언제든지 떠나려면 떠나도 된다."

한빈이 활짝 웃었다.

이것은 진심이었다. 전생에 자신의 목숨을 구해 준 설화였다.

이제부터는 조금 위험해질 수도 있었다.

구걸십팔보와 파혼검도 일정 수준에 이르렀으니 전생처럼 당하는 일은 없으리라 생각했다.

즉, 돌아가도 큰 탈은 없다는 이야기였다.

하지만 설화의 표정은 묘하게 바뀌었다.

우는 것도 아니고 웃는 것도 아닌 표정으로 한빈을 쏘아봤다.

"제가 없으면 공자님은 누가 챙겨 줘요?"

"하하, 그런가……?"

한빈이 웃으며 수긍하자 설화가 말을 이었다.

"저, 안 떠나요."

"계약 기간이 끝나도?"

"그건 몰라도, 일단 계약 기간까지 제집은 여기예요. 그러니 쫓아내지 말아요."

설화가 조금 흥분한 듯 목소리를 높이자 한빈이 손을 저었다.

"허, 갑자기 왜 그래? 저기 당과 많이 사 놨으니 먹어."

"네, 공자님."

울먹이던 설화는 당과를 보자 표정을 바꿨다.

실로 놀라운 태세 전환이었다.

그때 뒤에서 청화의 목소리가 들렸다.

"언니."

당과가 있는 쪽으로 가려던 설화가 고개를 돌렸다.

설화는 청화의 모습에 깜짝 놀랐다.

머리부터 발끝까지 새로운 장신구들이 반짝이고 있기 때문이었다.

"이게 다 뭐야?"

"당 오라버니가 사 줬어요."

청화는 뒤쪽을 가리켰다. 그곳에는 당기명이 어색하게 웃고 있었다.

그때 청화가 설화에게 묵직한 보따리를 내밀었다.

"참, 이건 언니 거."

"이게 뭐야? 청화야."

"언니 거도 같이 사 주셨어요."

"그럼 이게 네가 새로 산 장신구라고?"

"똑같은 걸로 샀어요, 헤헤."

청화가 해맑게 웃자 설화는 건네받은 보따리를 슬쩍 열어 봤다.

위쪽에 보이는 장신구만 봐도 지금 청화가 하고 있는 것과 똑같은 것이었다.

설화는 조용히 주변을 둘러봤다.

사람 좋은 얼굴로 웃고 있는 한빈.

친자매처럼 따르는 청화.

같이한 지 얼마 안 되었지만, 청화와 자신을 챙겨 주는 당기명.

그리고 오랫동안 봐 왔던 서재오와 악비광까지.

모두가 오늘은 가족처럼 느껴졌다. 아니 느낌이 아니라 진짜 가족이 맞았다.

잠시 감상에 잠겼던 설화는 어딘가를 바라보는 한빈의 모습에 고개를 갸웃했다.

"공자님, 어디를 보고 계시는 거예요?"

"형님이 조금 걱정돼서."

"혹시 팽혁빈 공자님 행렬에 문제라도 생길 것 같나요?"

"에이, 문제는 무슨 문제. 내가 길을 잘 닦아 놨으니 대우받으면서 올 텐데."

"그럼 무슨 걱정이에요?"

"내가 준 오호단문도를 잘 해석하고 있을까 해서."

"보면 바로 알지 않을까요?"

"내가 쉽게 풀어 놓긴 했는데……. 뭐, 알아서 잘 해석하겠
지."

한빈이 피식 웃자 설화도 마주 웃었다.

마주 웃던 설화는 웃음기 가득한 얼굴로 주변을 둘러봤
다.

가만 보니 모두가 웃고 있었다.

언제 거대한 태풍이 지나갔냐는 듯 다시 선 풀잎처럼.

그들의 표정만 보면 오늘 밤 아무 일도 없던 것처럼 보였
다.

영단산 아래에 도착한 팽혁빈 일행.

말이 하북팽가의 행렬이지, 그 면모만 보면 강북 무림의
대표적인 가문의 모임이라 해도 될 정도였다.

팽혁빈은 쓱 뒤를 돌아봤다.

건량과 무가지회에서 다른 세가 사람들에게 나눠 줄 선물
을 실은 수레 위에는 황보만청과 악소천이 있었다.

탁.

황보세가의 가주 황보만청이 바둑판 위에 흰 돌을 올려놓
자, 산동악가의 가주 악소천의 눈썹이 꿈틀댔다.

그것도 잠시, 악소천은 어색하게 웃으며 말했다.

"한 수만 물러 주시게."

"언제는 바둑이 신선놀음이라면서? 수를 물리는 신선이 어디 있는가?"

그때였다.

옆쪽에서 바둑을 구경하던 홍칠개가 끼어들었다.

"수를 안 물리고 살아날 가능성이 있는데, 이거 내 제자보다 안목이 못하군. 에휴⋯⋯."

"무제자 어르신, 여기서 대마를 어떻게 살립니까?"

"그러니 자네가 하수라는 거지."

"아니, 어르신이 둬 보십시오. 여기서 어떻게 대마를 살립니까?"

악소천은 억울한 표정으로 홍칠개를 바라봤다.

"아니, 이게 왜 안 돼? 그러니까⋯⋯."

홍칠개는 침을 튀기며 훈수를 두기 시작했다.

그 모습에 황보만청이 엷게 웃으며 검지를 좌우로 흔들었다.

"그 수는 통하지 않습니다, 어르신. 제가 봤을 때는 바둑 실력은 악가가 더 나은 것 같습니다만."

"허허, 내 말이 그 말이네. 역시 바둑 하면 황보세가야!"

악소천이 황보만청 쪽으로 붙자 홍칠개의 이마에 주름 세 개가 잡혔다.

악소천의 편을 들다가 졸지에 배신을 당한 것이다.

주변을 두리번거리던 홍칠개가 어딘가에 시선을 멈췄다.

그곳에는 한빈으로 변복한 이무명이 있었다.

한빈으로 변복은 했지만, 이미 이곳에 모인 이들은 다 아는 상태.

홍칠개는 꾸벅꾸벅 졸고 있는 이무명의 옆구리를 쿡 찔렀다.

"무명아, 네가 설명해 보아라. 내 말이 틀렸는지."

"앗, 어르신. 제가 졸고 있어서……."

"그래, 그러니까……."

홍칠개가 설명하자 황보만청이 손을 내저으며 막았다.

"그건 여기에 흰 돌이 없을 때고요. 지금은 불가능한 수입니다. 한 수가 아니라 적어도 스무 수는 물러야지 가능한 수입니다. ……안 그런가, 이 호위?"

모두가 이무명을 바라봤다.

이무명은 늙은이들의 등쌀에 요즘 미칠 지경이었다.

고수들 사이에 끼어 가다 보니 편하긴 하지만 가끔 자신들의 다툼에 이무명을 끼워 넣을 때가 있었다.

그럴 땐 누구의 편도 들어서는 안 된다는 것을 최근에야 깨달았다.

괜히 누구 하나의 편을 들었다가는 반대쪽 고수에게 몇 날 며칠을 시달려야 한다.

이무명이 최대한 졸린 눈으로 말했다.

"제가 아직 잠이 덜 깨서 아무리 설명을 들어도 모르겠습니다. 어르신들, 죄송합니다."

앉은 채로 포권한 이무명은 게걸음 걷듯 옆으로 피신했다.

이무명은 구석으로 가서 노고수들의 다툼을 지켜볼 참이었다.

싸움에 끼어들지 않는다면 이처럼 재미있는 것은 세상에 없다고 생각했다.

이무명이 눈을 가늘게 뜨고 지켜보고 있을 때였다.

수레가 돌부리에 걸렸는지 흔들거렸다.

덜컹.

순간, 바둑판 위에서 흐트러지려는 바둑돌.

황보만청이 바둑판을 잡은 채 내공을 불어 넣었다.

순간 흔들리던 바둑돌이 자석처럼 바둑판에 착 달라붙었다.

그때였다.

자석처럼 착 달라붙었던 바둑돌이 바둑판에서 떨어지려는 듯 마구 흔들렸다.

바둑판을 잡고 있던 황보만청이 한숨을 내쉬었다.

"무제자 어르신, 대국을 힘으로 해결하려 하시면 어떻게 합니까? 바둑판 밑에 손 대신 거 다 보입니다."

"허, 내가 언제 손을 댔다고……."

"지금도 진기를 불어 넣고 계시지 않습니까?"

"허허, 나는 그런 적이 없대도."

말을 마친 홍칠개는 눈썹이 꿈틀했다.

누가 봐도 힘을 쓰고 있는 모습이었다.

마주 보고 있던 황보만청의 눈썹도 꿈틀했다.

바둑 대결에서 내공 대결로 양상이 바뀐 것이다.

황보만청은 이를 꽉 깨물며 낮은 목소리로 말을 이었다.

"어르신, 그만하시지요."

"내가 무슨……."

홍칠개도 눈썹을 꿈틀댔다.

그 모습을 보던 이무명은 턱을 괴고 대결에 몰두했다.

이렇게 싸우는 모습이 몇 번째인지 몰랐다.

자꾸 보다 보니 뭔가 보일 것도 같았다.

노고수들이 내공을 쓰는 방법은 놀라웠다.

처음에는 그들의 내공 운용 방법이 보이지 않았지만, 옆에서 지켜보다 보니 감이 잡힐 것 같았다.

황보만청이 쓰고 있는 것은 바둑판 위에 기막을 쳐서 바둑알을 가둬 두는 수법이었다.

홍칠개가 이 승부에서 이기려면 그 기막을 뚫어야 했다.

하지만 바둑판 기막은 황보만청이 선점했다.

기막을 아예 없애려고 한다면야 수월할 것이다.

하지만 지금 홍칠개는 자신이 원하는 쪽으로 바둑알을 바꾸려고 하는 것이었다.

그렇다고 모두가 볼 수 있도록 위쪽에서 손을 쓸 수도 없는 일.

이무명은 이번 대결의 결말을 대충 알고 있었다.

그때였다.

수레 위에서 굉음이 울렸다.

팡!

폭발음이 울리고 사방으로 바둑판의 조각과 바둑알이 흩날렸다.

파팍!

흩어지는 바둑알을 누군가가 허공에서 낚아챘다.

휙.

그러고는 바닥에 바둑알을 올려놓았다.

탁.

"아, 또 바둑판 하나를 날려 먹었습니다."

악소천이 황보만청과 홍칠개를 번갈아 보더니 고개를 돌렸다.

그의 시선이 향한 곳은 이무명이었다.

"이 호위, 시간 날 때 바둑판 하나만 더 깎아 주게."

"네. 알겠습니다, 어르신."

이무명은 군말 없이 고개를 끄덕였다.

이게 요즘 이무명의 일과였다.

그때 앞에서 팽혁빈이 외쳤다.

"이제 소란을 일으키지 마십시오! 앞쪽은 요즘 들어 가장 활발하다는 사파의 영역입니다!"

"에이, 조금 논 것 가지고……."

홍칠개가 서운하다는 듯 입맛을 다시자, 이번에는 조용히 있던 팽대위가 나섰다.

"그건 우리 혁빈이 말이 맞습니다. 그동안 얼마나 난리를 치셨으면 말도 놀라지 않네요."

팽대위가 농담하듯 수레를 끄는 말을 가리켰다.

그의 뼈 섞인 농담에 노고수들은 즉시 침묵했다.

갑자기 조용해지자, 팽혁빈은 눈매를 좁히며 영단산 정상을 바라봤다.

팽대위에 노고수들까지 함께하니 별일은 없겠지만, 사파의 성지로 통하는 영단산 정상을 지나가려니 왠지 기분이 꺼림칙했다.

지금 무가지회가 열리는 이유가 무엇이던가?

바로 사파의 부흥에 맞대응하기 위함이었다.

그 부흥의 중심이 되는 곳이 영단산 정상이었으니, 긴장이 될 수밖에 없었다.

그때였다.

검은 그림자 하나가 나타났다.

팽혁빈은 대충 누군지 알 것 같았다.

모습을 드러내기도 전에 악취가 풍겨 왔기 때문이었다.

아마도 개방의 고수로, 홍칠개를 찾아온 것이 분명했다.

예상과는 달리 악취는 점점 팽혁빈 쪽으로 다가왔다.

드디어 상대가 모습을 드러냈다.

사사—삭.

모습을 드러낸 자가 팽혁빈을 향해 포권했다.

"잘 지내셨습니까? 팽 공자님."

"아, 광개 소협 아니십니까?"

팽혁빈이 반색하며 마주 포권했다.

상대는 몇 번 본 적이 있는 광개였다.

개방의 하남 분타주 정도면 대협의 칭호를 붙여도 되었다.

하지만 이곳은 노고수가 득실대는 곳.

대협이라는 칭호보다 소협이라는 칭호가 서로에게 더 편했다.

팽혁빈이 보기에 광개는 홍칠개의 직속 수하나 마찬가지였다.

직속 상관이 바로 옆에 있는데 대협이라는 호칭을 쓸 수는 없는 일이다.

팽혁빈은 뒤쪽을 가리키며 말을 이었다.

"무제자 어르신은 뒤쪽 수레 위에 있습니다, 광개 소협."

"어르신을 찾아온 것이 아닙니다."

말을 마친 광개는 주변의 눈치를 봤다.

은밀한 목소리에 팽혁빈은 자신도 모르게 목소리를 깔았다.

"혹시, 비밀을 지켜야 하는 대화입니까?"

"뭐, 그건 아니지만 사 공자가 은밀히 전하라고 해서 그럽니다."

"은밀히라니요? 혹시 안 좋은 소식입니까?"

"그건 아니고 사 공자가 오호단문도를 복원했다고 합니다."

"오호단문도를 복원하다니요?"

"이게 비급이라면서 전해 주라 하더군요."

광개는 품속에서 서찰을 꺼냈다.

서찰의 봉투에 적힌 이름을 본 팽혁빈이 말했다.

"한빈이 보낸 게 확실하군요."

말을 마친 팽혁빈은 서찰을 열어 보았다.

"……."

팽혁빈은 한동안 아무 말도 없었다.

봉투에 들어 있는 서찰의 양은 꽤 많았다.

무려 열 장이나 되는 방대한 양이었지만, 문제가 한 가지 있었다.

그것은 서찰에 쓰여 있는 내용이 대부분 지워진 것처럼 글자가 몇 개 남지 않았다는 점이었다.

팽혁빈은 고개를 갸웃하며 광개를 바라봤다.

그 모습에 광개가 손사래를 치며 말을 이었다.

"그 서찰, 원래 그랬습니다. 저도 몇 번 봤지만, 무슨 내용인지 해석이 안 됩니다."

"저희 가문의 비급을 보신 겁니까?"

"허허, 사 공자가 봐도 좋다 했습니다."

"헉, 한빈이가 가문의 비급을 보라고 했다니……."

"팽가의 사람만이 풀 수 있는 비급이라 했습니다. 뭐, 저는 봐도 모른다나 뭐라나……. 그런데 정말 아무리 봐도 모르겠더군요. 솔직히 저는 이게 비급인지도 알 수 없습니다. 갑자기 제가 까막눈이 된 건 아닌지 하는 착각마저 들게 만드는 비급이었습니다."

"광개 소협이 봐도 모른다고 하시니 제가 난해하다고 느끼는 것이 정상인 것 같습니다."

"팽가의 사람만 풀 수 있다고 사 공자가 못 박았으니 아마 팽 공자님은 해석하실 수 있을 겁니다. 그 친구가 조금 독특하긴 해도 아무 말이나 뱉는 친구는 아니니까요."

"네, 저도 동생을 믿습니다. 하지만 이건 너무 난해하군요."

"그럼 해석 잘하시고…… 저는 무제자 어르신께 가 보겠습니다."

말을 마친 광개는 하얀 이를 드러내며 돌아섰다.

그가 이리 기뻐하는 이유는 한 가지였다.

비급을 해석 못 하는 것이 자신뿐이 아니라는 것을 알았기 때문이다.

광개는 처음 서찰을 열어 봤을 때 꽤 흥분했었다.

가문의 비급을 봐도 좋다고 한 한빈이 고맙기까지 했다.

하지만 그것도 잠시, 이건 해석이 가능한 글이 아님을 깨달았다.

대부분의 내용은 빠져 있었고, 가끔씩 나오는 글자는 서로 연결되지도 않았다.

예를 들어 '꽃'이라는 글자가 나오면 한참 띄워진 곳에 '공자'라는 글자가, 또 한참 후에 '저녁'이라는 글자가 나오는 식이었다.

서찰 한 장에 쓰인 글자의 개수는 불과 서른 개 정도.

아마 정상적인 내용으로 서찰을 꽉 채웠다고 하면 글자 수가 못해도 오백 자는 넘었을 것이다.

이러니 도저히 해석할 수가 없었던 것이다.

나중에는 오기가 생겨서 산길을 걸으면서도 서찰을 해석하기 위해 노력했다.

그러다가 나뭇가지에 부딪히고 돌부리에 걸려 넘어지는 것이 다반사였다.

덕분에 지금 광개의 몸 곳곳에는 멍 자국들로 가득했다.

광개가 그렇게나 노력했는데도 해석 못 한 서찰을 팽혁빈이 단번에 해석했다면 많이 서운했을 것이었다.

뭐, 한편으로는 풀리지 않는 수수께끼에 답답하기도 했다.

홍칠개에게 걸어가던 광개는 자신도 모르게 웃었다.

서찰 몇 장 때문에 이렇게 많은 고민을 하는 자신이 우스웠던 것이다.

"하하, 내가 언제부터 이딴 것을 신경 썼다고!"

소리가 제법 컸는지 산새들이 급히 자리를 피하려는 듯 날갯짓한다.

푸드덕.

뒤에서 그 모습을 지켜보던 팽혁빈은 기가 찼다.

광개의 광이 미칠 광이라는 것을 익히 알고 있었다만, 가끔 저렇게 미친 행동을 할 때면 그가 어떻게 하남 분타주까지 올랐는지 신기할 정도였다.

고개를 흔들던 팽혁빈은 말끝을 흐리며 조용히 서찰을 다시 바라봤다.

팽혁빈도 한빈에게 대충 들은 적이 있었다.

혼원벽력도가 불완전한 것은 오호단문도가 완전하지 못한 이유 때문이라 했었다.

하지만 오호단문도는 팽혁빈이 생각하기에 문제가 없었다.

초식이 불완전하다면 오호단문도를 펼칠 때 부자연스러워

야 했다.

하지만 지금의 오호단문도는 기름을 칠해 놓은 듯 초식과 초식 사이가 부드럽게 이어져 있는 상태다.

기의 흐름도 문제없고 말이다.

한빈이 워낙 엉뚱한 동생이기에 그러려니 하고 넘어갔다.

하지만 하남 분타주까지 동원해서 이렇게 비급을 보내올 줄은 몰랐다.

팽혁빈의 눈이 마치 숨은 그림을 찾는 것처럼 바쁘게 서찰 위를 훑고 지나갔다.

하지만 터져 나오는 것은 한숨밖에 없었다.

"휴……."

한숨의 의미는 제법 복잡했다.

분명 숨겨진 뜻이 있을 것이었다.

팽혁빈은 상념에 잠긴 채 조용히 산을 올랐다.

이제는 산 중턱까지 왔다.

하지만 아직도 서찰에 대한 수수께끼는 풀리지 않았다.

그때 팽대위가 말했다.

"아무래도 이쯤에서 쉬는 게 좋을 것 같다."

"아, 제가 서찰에 정신이 팔려서 잠시 잊고 있었습니다. 죄송합니다."

팽혁빈은 고개를 숙인 뒤 주변을 바라봤다.

자세히 보니 오십 걸음 밖에 공터가 있었다.

팽혁빈은 공터 쪽으로 걸어가며 뒤쪽 행렬을 향해 외쳤다.

"모두 이곳에서 쉬어 간다! 이쪽으로!"

그의 말에 모두는 공터로 모였다.

팽혁빈의 수하들은 낙엽이 덮인 공터 위에 천을 깔고 자리에 앉았다.

그때 수하 하나가 말했다.

"공자님, 바닥이 이상합니다."

"앗, 바닥이 울퉁불퉁합니다. 자리를 다시 잡아야 할 것 같습니다, 공자님."

여기저기서 불만이 튀어나왔다.

그러자 팽혁빈은 심각한 표정으로 재빨리 외쳤다.

"모두 자리에서 일어나 바닥을 살펴라!"

"존명."

모두는 깔았던 천을 걷어 내고 낙엽을 치우기 시작했다.

사삭, 사삭.

그들은 마치 보법을 펼치듯 발로 빠르게 낙엽을 걷어 냈다.

팽혁빈이 이 일을 심각하게 받아들이는 이유는 바닥에 깔려 있는 것이 암기일지도 모른다는 의심 때문이었다.

노고수들이 눈에 불을 켜고 있다고 하지만 미리 설치해 놓은 함정이나 깔아 놓은 암기는 또 다른 문제였다.

낙엽을 다 치우고 난 수하들이 웅성대기 시작했다.

"공자님, 이 자리가 수상합니다."

"공자님, 여기도 수상합니다."

"아무래도 자리를 뜨는 것이 좋을 것 같습니다."

동시에 터진 다급한 보고에, 팽혁빈은 재빨리 자리를 살폈다.

팽혁빈은 왜 자리가 울퉁불퉁했는지를 한눈에 알아볼 수 있었다.

그것은 바닥에 깔린 많은 도토리와 밤 때문이었다.

낙엽을 걷어 내자 도토리와 밤이 쓸려 나갔지만, 아직도 많은 열매가 바닥에 남아 있었다.

더 중요한 것은 무엇에 눌렸는지는 몰라도, 도토리들이 바닥에 박혀 있다는 점이었다.

팽혁빈은 재빨리 나무 위로 올라갔다.

획!

나무 위로 올라가 아래를 내려다본 팽혁빈은 입을 크게 벌렸다.

"헉."

이유는 한 가지였다.

도토리가 눌려 땅에 박힌 모양이, 마치 사람이 누워 있는 자국처럼 보였던 것이다.

산중에서 사람들이 단단한 도토리 열매 위에 누워 있었다면 그것은 아마도 시체일 가능성이 컸다.

그렇다면?

영단산을 오르던 무인들이 변을 당한 것이 분명했다.

팽혁빈은 급히 안력을 돋궜다.

그가 찾는 것은 핏자국이었다. 결전이 펼쳐졌다면 분명히 자국이 남아 있을 것이다.

하지만 묘하게 핏자국의 흔적은 없었다.

낙엽은 쓸어 내면 되지만, 곳곳에 있는 바위 위 흔적까지 지울 수는 없는 일. 그러니 흔적은 남을 수밖에 없었다.

나무 위에 걸터앉아 흔적을 찾던 팽혁빈의 귀에 누군가가 속삭였다.

"별거 아닌 것 같소만. 내가 보기에는 숙면을 취하고 간 듯한 느낌이오."

고개를 돌려 보니 광개가 하얀 이를 드러내며 웃고 있었다.

"그래도 수상합니다. 산중에 대량의 도토리가 한곳에 모여 있다는 것도 그렇지만, 그 위에서 잠을 잘 사람이 얼마나 되겠습니까? 이건 분명히 변을 당한 흔적이 분명합니다."

"저쪽에 보니까 싸운 흔적은 있는데 뭐, 비무 이상은 아닙니다."

"싸운 흔적이라고요?"

"그럼 혹시 한빈이가 사파와 일대 결전을⋯⋯."

"그건 아닌 것 같습니다. 내가 지난번에 본 게 영단산 바로 아래였소. 딱 보기에도 대접을 잘 받고 온 것 같더이다."

"대접을 잘 받았다니, 그게 무슨 말씀입니까?"

팽혁빈이 놀라 물었다.

광개가 말한 대접을 다른 의미로 해석한 것이다.

"내 말은 그게 아니고 진짜 대접을 잘 받은 느낌이었습니다. 뭐, 안색도 좋았고."

"그럼 다행입니다."

팽혁빈은 자리에서 내려와 수레가 있는 곳으로 다가갔다.

노고수들과 상의하려는 의도였다.

그때였다.

홍칠개가 갑자기 오른손을 들었다.

조용히 하라는 신호였다.

눈매를 좁힌 홍칠개가 갑자기 어디론가 뛰어갔다.

사사—삭.

그야말로 전광석화와 같은 움직임.

다급한 그의 행동에 모두는 침을 꿀꺽 삼켰다.

이들 중 경공에 있어서 홍칠개를 따를 자는 없었다.

갑자기 사라진 홍칠개를 찾으러 가다가는 더 큰 낭패를 당할 수 있었다.

팽혁빈이 수하들에게 소리쳤다.

"모두 경계 태세를 갖추어라!"

그의 말에 수레를 중심으로 사람들이 모였다.

팽대위도 서도를 뽑아 들고 주변을 살폈다.

그것도 잠시, 낙엽 스치는 소리와 함께 홍칠개가 나타났다.

팽혁빈은 홍칠개의 모습을 급히 살폈다.

다행히도 누군가가 부딪친 흔적은 없었다. 단순한 정찰이라 결론을 내리려고 하는데, 홍칠개의 오른손에 들린 술병이 눈에 들어왔다.

그것은 홍칠개가 사라질 당시에는 없던 술병이었다.

팽혁빈이 물었다.

"어르신, 그 술병은 대체 어디서 나신 겁니까?"

"전에 알던 할망구한테 뺏어 왔네. 한잔할 텐가?"

"그게 아니라, 그렇게 갑자기 사라지셔서 저희는 적이 나타난 줄 알고 긴장했습니다."

"적은 적이지만, 오늘만은 아군이라네."

"그게 무슨 말씀입니까?"

"아무리 적이라도 이런 좋은 술을 대접하는데 어찌 계속 적으로 남아 있을 수 있겠는가?"

"대체 그 적이라는 사람이 누구입니까?"

"자네 뒤에 있으니 직접 물어보게."

"제 뒤에 누가 있다고……."

고개를 돌리던 팽혁빈은 그대로 굳었다.

눈앞에는 한눈에 보기에도 나이가 들어 보이는 노파가 서 있었다.

지팡이를 짚고 있긴 했는데 그건 장신구 같은 분위기였다. 게다가 허리를 꼿꼿이 편 것을 보면 무림인이 확실했다.

그런데 경지를 추측할 수 없다라?

거기에 자신도 모르는 사이에 지척에 왔다는 것은?

추측을 이어 가던 팽혁빈이 재빨리 포권했다.

"후배, 선배님께 인사드립니다."

"예까지 잘 왔네. 영단산이 영기가 가득하다지만, 그만큼 험하기도 하지. 고생했어."

"네?"

"숙소는 정했는가?"

"숙소라니, 그게 무슨 말씀입니까?"

"에이, 숙소는 정하고 와야지. 아무리 날씨가 좋아도 산속에서 노숙하면 입 돌아간다네. 그러니 내가 자네 일행을 책임지겠네."

"저, 대체 뉘신지?"

"자네 가문과 각별한 사이가 될 사람이지."

노파의 말에 옆에 있던 홍칠개가 끼어들었다.

"아니 이 할망구가 무슨 각별한 사이라고 거짓말을 씨불여. 술은 잘 얻어먹었지만, 그런 거짓말을 하면 안 되지."

"호호, 그건 두고 봐야지."

둘은 허물없는 친구처럼 농담을 주고받으며 설전을 이어 나갔다.

팽혁빈은 힐끔 고개를 돌려 황보만청과 악소천을 바라봤다.

둘은 노파의 정체를 알고 있지 않을까 해서였다.

하지만 둘도 고개를 갸웃한 채 조용히 노파와 홍칠개의 대화를 구경만 하고 있었다.

그때 팽혁빈이 조심스럽게 끼어들었다.

"저 죄송하지만 여기서 빨리 떠나야 할 것 같습니다."

"왜? 어디에 새색시라도 숨겨 놨나?"

"혁, 그게 아니라. 여기 전투가 벌어진 흔적이 있어 서……."

"아, 저 자국?"

"혹시 아십니까?"

"내가 그놈이랑 잠깐 논 거야."

"그놈이라니 그게 무슨 말씀입니까? 그리고 저건 시체에 눌린 자국이 아닙니까?"

"시체는 무슨 시체, 저기서 한숨 푹 자고 갔구먼."

노파는 씩 웃었다.

노파의 정체는 독고련이었다.

사도련주의 누이이자, 강북 제일의 대장장이인 정철민의 처이기도 했으며, 정소연의 할머니였다.

물론 이 자리에 나온 것은 순전히 정소연 때문이었다.

뭐, 독고련의 입장에서는 사실만을 말한 것이었다.

한빈을 시험하기 위해 산에 있는 도토리를 모두 썼었다.

그 위에 사천당가 무사들이 누워 있는 바람에 도토리가 저렇게 박혀 있던 것이지만, 그들 중 당연히 다친 사람은 아무도 없었다.

시험을 위해 사파의 고수 중 일부를 투입했지만, 그 결전도 목숨을 건 싸움이 아니라 비무에 가까웠다.

한빈에 대한 시험은 성공적.

손녀사위로 봤을 때 무위 하나만큼은 빠지지 않았다.

손녀사위가 될지도 모르니, 독고련은 한빈의 형인 팽혁빈과 숙부인 팽대위에 대해 철저히 예우를 갖추기로 결심한 상태였다.

하지만 정체를 모르는 팽혁빈은 답답할 뿐이었다.

독고련이 말하는 것 중 이해가 가는 것은 한 가지도 없었다.

　　　　　　　　　　🜂

그들은 독고련에 이끌려 영단산 정상에 올랐다.

모두가 고개를 갸웃하는 상황이지만, 홍칠개의 오랜 친구 같았기에 팽혁빈과 나머지 사람들은 군말 없이 따랐다.

하지만 독고련을 따라가던 팽혁빈 일행은 걸음을 멈출 수밖에 없었다.

그들의 눈앞에 사파의 본거지인 무학관이 있었기 때문이다.

적룡무관(赤龍武館).

적룡무관.

처음에 대들보를 올릴 때는 다른 이름이었지만, 최근에 완공하고 나서는 적룡대협이라는 영웅의 이름을 따서 이렇게 바꾸었다고 들었다.

사파는 이렇게 대놓고 적룡대협의 명성을 이용하고 있는 것이었다.

지금 무가지회에 가는 이유가 무엇이던가?

그 중심에 바로 적룡무관이 있었다.

게다가 여기는 사파의 성지나 마찬가지였다.

그런데 왜 여기로 자신들을 이끌었다는 말인가?

팽혁빈은 저 노파가 정신이 오락가락하지 않는지 의심해 봐야 했다.

이전에 했던 말들도 도저히 종잡을 수 없었고 하는 행동도 그랬다.

그렇다면 홍칠개도 정신이 온전하지 않을 수 있었다.

원래 정신 나간 사람들끼리는 통하는 데가 있는 법 아니던
가!

팽혁빈이 멍하니 현판과 홍칠개 그리고 독고련을 번갈아
바라보고 있을 때였다.

홍칠개는 현판을 보지도 않고 안으로 들어가려 했다.

팽혁빈이 황급히 홍칠개의 소매를 잡았다.

"어르신, 여기는 사파의……."

팽혁빈은 말을 맺지 못했다. 옆에 바싹 다가온 독고련 때
문이었다.

독고련이 활짝 웃는 얼굴로 말했다.

"잘 아는군?"

"……."

갑작스럽게 독고련이 끼어들자 팽혁빈은 모든 동작을 멈
췄다.

그 모습에 독고련이 물었다.

"왜 그러는가?"

"아니, 지금 그게 무슨 말씀인지요? 여기가 적룡무관이라
는 걸 알고 끌고 오신 겁니까? 여긴 사파제일을……."

팽혁빈의 말이 끝나기도 전에 독고련이 손뼉을 치며 외쳤
다.

짝짝.

"적룡무관에 온 것을 환영하네!"

그 소리에 맞춰 적룡무관의 입구에서 사파의 무사들이 도열하기 시작했다.

마치 귀빈에 대한 예우를 갖춘다는 듯.

사파의 무사들은 두 줄로 오십 걸음이나 되는 거리를 쫙 늘어섰다.

상대방의 기를 죽이려는 건지.

귀빈에 대한 배려인지는 모르겠지만, 그들의 위세만큼은 위풍당당했으며 그 자세 또한 흐트러짐이 없었다.

그 모습에 팽혁빈이 조심스럽게 물었다.

"어르신은 대체 적룡무관과 무슨 관계이길래……?"

팽혁빈은 고개를 돌려 현판을 다시 바라봤다.

그 모습에 독고련이 짓궂게 웃었다.

"그건 비밀이네."

"비밀이라니, 그게 무슨 뜻입니까?"

"말 그대로야. 지난번에 먼저 지나간 고얀 놈이 뭐만 물어보면 비밀이라고 하더군. 이제 나도 복수했으니 퉁친 걸로 하세."

"먼저 지나간 놈이라니 혹시……."

말끝을 흐렸다.

상대가 말하는 자는 한빈일 가능성이 컸다.

처음에는 막내에게 무슨 일이 생기지는 않았을까 하는 걱정이 들었지만, 영단산에서 내려왔을 때 안색이 좋았다는 광개의 이야기가 기억났다.

팽혁빈이 독고련에게 물었다.

"어르신의 존성대명을 여쭤봐도 되겠습니까?"

"허, 자꾸 비밀을 물어보면……."

독고련은 말을 멈췄다. 뒤쪽에서 따라오던 홍칠개를 중심
으로 소란이 일어났기 때문이다.

제법 큰 목소리로 노고수들이 웅성대고 있자, 독고련은 그
쪽을 조용히 바라봤다.

물론 팽혁빈도 고개를 갸웃하며 시선을 돌렸다.

그곳에는 홍칠개를 가운데 두고 황보만청과 악소천이 쉴
틈 없이 질문을 던지고 있었다.

악소천이 눈매를 좁히며 물었다.

"그게 진짜입니까?"

"그럼, 그러니까 여기로 온 거지. 왜 여기로 왔겠나?"

홍칠개가 현판을 가리키며 말했다.

그때 황보만청이 끼어들었다.

"저분이 사파제일검 독고련 선배시라고요?"

"사파제일검인지 아닌지는 모르겠지만, 독고련은 맞네."

"그렇다면 사도련주의 누님이 아닙니까?"

"그런가?"

"그렇죠. 저도 소문으로만 들었지. 이렇게 뵙는 것은 처음
입니다."

"뭐, 강호에는 잘 알려지지 않았지."

"모습을 드러내지 않고 수련에만 매진하길 어언 삼십 년이 지났다고 들었습니다. 사파인이지만 사파가 아니요, 강호인 이지만 강호인이 아니라 들었습니다."

"이제 그만하게. 다 듣겠어."

홍칠개는 흥분한 황보만청을 진정시켰다.

사실 황보만청의 말은 사실이었다.

사파인이지만, 사파의 행사에 나서지 않아 사파인도 그녀 의 존재를 모른다.

강호인이지만, 강호에는 얼굴도 비치지 않아 독고련은 잊 힌 이름이 되었다.

하지만 몇몇 고수들과는 여전히 교류하기에, 그녀가 사파 제일검이라는 사실이 소문난 상태였다.

그 소문이라고 해 봤자 무림 백대고수에 한해서지만 말이 다.

그때였다.

사삭.

찬바람이 황보만청에게 불어왔다.

황보만청은 본능적으로 고개를 돌렸다.

그곳에는 독고련이 씩 웃고 있었다.

"왜 내 뒤통수에서 얘기를 하고 그래?"

"진짜 사파제일검이라 불리시는 독 선배님이시군요."

"누가 자네 선배래?"

"사해는 동도라 하지 않았습니까?"

"나는 자네 같은 후배를 둔 적 없어. 그리고 사파제일검도 아니야."

그녀의 말은 사실이었다.

얼마 전까지만 해도 사파제일검이라 자부했었다.

하지만 머리에 피도 안 마른 것처럼 보이는 하북팽가의 막내를 상대하면서 그의 자부심은 산산이 부서졌다.

그 승부에서는 자신이 우위였지만, 십 년 후, 아니 오 년만 지나도 승부의 향방은 바뀌리라는 것을 안 것이었다.

어찌 하북팽가에만 인재가 있겠는가?

구대문파를 비롯해 여러 정파, 그리고 사파의 숨은 인재들이 지금도 천하제일검에 한발 다가섰을지 몰랐다.

그녀는 자신이 세상 물정을 너무 몰랐다고 결론을 내렸다.

속세를 등지고 수련만 하느라 강호의 정세에 어두웠기 때문이라 생각한 것이다.

독고련의 표정이 심각해 보이자, 황보만청은 능글능글한 성격에 걸맞게 재빨리 수습에 나섰다.

"허허, 죄송합니다. 시간 나실 때 저와 얘기라도……."

"이놈아, 난 연하한테는 취미 없어."

독고련의 주름진 얼굴이 살짝 흔들렸다.

황보만청은 살짝 당황했다.

검만 무서운 줄 알았는데 독고련이라는 인물은 늙은 생강답게 혀도 화경에 든 것 같았기 때문이다.

여기서 물러날 황보만청이 아니었다.

상대는 사파제일검.

비록 사파라 하지만 꼭 한 번 검을 논하고 싶은 사람이었다.

황보만청은 독고련의 공세에 굴하지 않고 아무렇지 않게 말을 이었다.

"아니, 그게 아니라 독 선배님과 논검을 하고 싶어서……."

슬쩍 눈치를 보던 황보만청은 말끝을 흐렸다.

독고련의 입꼬리가 올라가는 것이 보였기 때문이다.

아무래도 화제를 잘못 돌린 것 같았다.

"내가 너랑 논검 할 정도로 한가한 줄 아나?"

독고련이 쏴붙이자, 옆에 있던 홍칠개가 다급히 말렸다.

"이 할망구가 성질은 여전하군. 술로 나를 유인해 놓고 뭐가 한가하지 않다는 거야? 우릴 여기로 데려왔으면 꿍꿍이도 있을 테고, 한가하니 이런 일도 벌이는 게 아닌가?"

"나는 하북팽가의 막내와 관계있는 사람을 접대하러 온 거지, 다른 사람한테는 차 한 잔 나눌 시간도 없어. 그러니 늙은 거지도 그냥 조용하게 밥이나 먹다 가."

"허허, 무슨 일로 나까지 대접하는 겐가?"

"그놈 사부라면서?"

"그러면 우리가 아니라 내 제자 때문에 이런 정성을 쏟는 것이라는 의미인가?"

"당연하지. 그놈 아니면 산에 오르다 입이 돌아가든 말든 나하고 무슨 상관이야? 안 그래?"

"흠, 어쨌든 대접은 감사히 받지. 그런데 어쩌나……?"

홍칠개는 뒤쪽을 힐끔 바라봤다.

그 모습에 독고련이 물었다.

"뭘 그렇게 봐? 어서 들어가지 않고?"

"저 친구들도 내 제자랑 조금 관계가 있어서 그러지. 내 제자 때문에 대접하는 거라면서?"

"흠, 대체 무슨 관계인데 그러지?"

"저 친구는 내 제자와 긴밀한 계약을 한 사이고……."

홍칠개가 가리킨 사람은 황보만청이었다.

그의 말은 사실이었다. 계약서에 의해 돈독한 관계로 맺어진 사이니 말이다.

홍칠개가 말을 이었다.

"저 친구는 아들이 내 제자랑 의형제라고 했던 것 같고."

이번에는 악소천을 가리켰다. 악비광이 한빈과 본의 아니게 의형제를 맺었으니 이것도 사실이었다.

독고련은 둘을 번갈아 보더니 활짝 웃었다.

"그놈과 관계가 있다면 당연히 내가 모셔야지. 다들 들어오게!"

독고련이 안쪽을 가리키며 손짓했다.

그 모습에 황보만청은 발걸음을 옮기며 옆을 힐끔 봤다.

악소천의 표정을 확인하기 위해서였다.

악소천도 떨떠름한 표정으로 주위를 두리번거리고 있었
다.

무슨 상황인지 모르겠다는 표정이다.

황보만청은 고개를 가로저었다.

아무리 생각해도 이해가 되지 않았기 때문이다.

악소천과 자신은 화경의 고수.

화경의 고수끼리는 사파든 정파든 통하는 것이 있다.

하수들은 서로에게 칼을 겨누고 이권 다툼을 해도, 고수의
경우는 이권보다 무공에 초점을 맞추는 경우가 많았다.

무공에 관한 이야기로 밤을 새우다가 중간에 깨달음을 얻
는 경우도 있었다.

그리고 서로 교분을 나누는 것만으로도 성장할 수 있기에,
고수들 간의 교분은 순간순간이 소중한 법이었다.

그런데 독고련은 자신과 악소천을 떨거지 취급하고 있었
다.

게다가 홍칠개마저도 그 위치가 아닌 한빈의 스승이라는
이유로 대접받고 있었다.

황보만청은 마음속으로 바둑판을 그려 봤다.

그 위에 현재 상황에 대한 수를 놓아 봤지만, 어떤 식으로도 해석이 되지 않았다.

그때 홍칠개의 목소리가 그의 상념을 깨웠다.

"황보만청, 거기서 뭐 하나? 빨리 들어가지 않고."

"네, 들어가겠습니다."

황보만청은 다시 한번 현판을 확인하고 문을 넘었다.

그때였다.

여기저기서 함성이 울려 퍼졌다.

"귀빈의 방문을 환영합니다."

"귀빈을 뵙습니다."

그들이 지나갈 때마다 두 줄로 도열해 있던 사파의 무사들이 포권을 했다.

이것은 정파에서도 받지 못하던 대우.

대체 이게 어떻게 된 일이란 말이냐?

황보만청은 더욱 미궁에 빠졌다.

물론 정파에 대한 예우가 아니라 한빈과 적룡대협이라는 영웅에 대한 예우라는 것을 황보만청이 알 도리는 없었다.

같은 시각 칠음현을 빠져나가는 마을의 어귀.

설화가 뭔가 기억난 듯 물었다.

"공자님, 전에 옛 성현의 눈으로 이 사건을 보라고 하셨잖아요."

"흠, 내가 그랬던가? 그런 것 같기도 하고."

한빈이 씩 웃자 설화가 다시 물었다.

"그때 옛 성현이 누구예요? 혹시 공자님? 아니면 맹자님?"

"내가 말한 옛 성현은 장자였다, 설화야."

"장자라니요?"

한빈의 목소리가 조금 컸는지 주변에 있던 청화와 당기명까지 옆으로 바싹 붙었다.

갑자기 모인 시선에도 한빈은 아무렇지 않게 말했다.

"장자가 사냥을 하기 위해 활을 들고 조릉을 거닐 때가 있었지."

"그런데요?"

"어느 날, 이상할 정도로 커다란 까치가 장자를 스치더니 나무 위에 앉았다고 한다."

"흠, 눈이 먼 까치였나 보네요."

"장자도 똑같이 생각했지. 날개는 크면서 멀리 날지도 못하고 눈도 밝지 못하다고 말이야. 장자는 까치를 보고 활을 겨누다가 문득 이상한 생각이 들어서 까치가 보고 있는 것이 무엇인지를 관찰했단다."

"그게 뭔데요?"

"그건 사마귀였지. 그 사마귀를 보니 그놈은 나무에 붙은 매미를 노리고 있었고. 장자는 문득 자신의 처지도 다를 바 없음을 깨닫고 활을 버리고 도망쳐 석 달을 꼼짝하지 않고 방에 있었다고 하지. 설화 너는 우리가 뭐라 생각하느냐? 장자? 아니면 까치?"

"음, 과연 뭘까요? 뭐가 됐든 상위 포식자가 있다는 거지요?"

"설화가 똑똑하구나. 뭐, 내가 얘기하고 싶은 것은 간단해."

"……."

"장자에게 잡힐 뻔한 까치도, 까치에게 잡힐 뻔한 사마귀도 되어서는 안 되지. 까치를 이용해서 사마귀를 잡는 매미가 되도록 해야 한다는 거지. 아니면 밤나무 숲의 주인을 이용해서 장자를 잡는 까치가 된지."

말을 마친 한빈은 아무렇지 않게 빙긋 웃었다.

하지만 다른 이들은 웃을 수 없었다.

마치 누군가가 자신을 지켜본다는 착각이 들었던 것이다.

한빈의 말은 그만큼 그들을 자극했다.

그중 서재오의 눈이 가장 빛났다.

그는 깨달음이라도 얻은 것처럼 안광을 빛내다가 조용히 한빈을 바라봤다.

한빈이 이번에 쓴 수는 무력이 아니었다.

잘 다듬어진 경극 배우의 연기와도 같은 혀로 모두를 몰입하게 만든 것이다.

한빈의 말대로 황실이라는 까치를 이용해서 사마귀를 몰아냈다.

가장 무서운 점은 한빈이 언제까지나 매미가 아니라는 점이다. 한빈은 언제든 활을 든 사냥꾼으로 변신할 수 있었다.

서재오는 조용히 칠음현을 바라봤다.

뭐, 저곳에 사냥꾼이 있을 것 같아서 지켜본 것은 아니었다.

칠음현 전체가 물고 물어뜯는 강호의 축소판 같아서 입맛을 쓰게 다셨던 것뿐이다.

그때 악비광이 외쳤다.

"다들 서두릅시다!"

그의 말에 모두는 주변을 경계하며 움직이기 시작했다.

그들이 마을에서 멀어지자 말을 탄 비단옷의 사내가 입맛을 다셨다.

그 사내는 한빈 일행이 떠나는 것을 한시도 눈을 떼지 않고 지켜보고 있었다.

한빈을 지켜보던 사내.

그는 동창의 칠음현 지부 책임자였다.

그 옆에서 그를 호위하던 무사가 나지막이 말했다.

"우리가 지켜보는 것을 알고 있는 것 같습니다요, 나으리."

"아무래도 기감이 뛰어난 것 같구나."

"대인의 눈에는 누가 고수로 보입니까?"

"역시 화산파의 고수는 다르구나. 우리가 있는 곳을 한 번에 보지 않았느냐? 그리고 악가의 무공도 놀랍다. 그도 우리를 눈치채니 아무렇지 않게 길을 재촉하는구나. 그런데 가장 무서운 자는 따로 있는 것 같다."

"그게 무슨 말씀입니까?"

"생각해 봐라. 이제까지 동창과 문관들은 대등한 균형을 이루었다."

"그건 저도 알고 있습니다."

"연등회의 피바람 속에 무사한 건 누구지?"

"……."

"저쪽 파벌이 보았을 때 현령을 쳐 낸 건 아마……."

"대인이 가장 유력하겠군요."

"흠, 아마도……. 간악한 계략이다."

"저자들에 대해서 조사할까요?"

"발등에 떨어진 불부터 꺼야 할 것 같구나."

동창의 사내는 말머리를 돌렸다.

휘잉.

말이 투레질하며 뒷산을 떠났다.

그날 밤, 영단산.

적룡무관의 연회장.

숙소에 짐을 풀고 식사 초대를 받은 팽혁빈 일행은 모두 입을 벌려야 했다.

팽혁빈 일행에게 나온 음식은 그야말로 진수성찬이었다.

하남에서 유명하다는 요리들이 긴 탁자에 가득 찼다.

놀라움의 연속이었다.

생각지도 못한 환대에 팽혁빈이 젓가락을 들고 머뭇거리자, 옆에 있던 홍칠개가 음식을 쓸어 담듯 자신의 그릇에 옮기며 말했다.

"사내대장부는 진수성찬을 앞에 두고 고민하는 것이 아닐세. 그보다 더 중요한 건 저 할망구가 남 뒤통수칠 위인은 더욱 아니라는 거고. 그러니 맘껏 먹게나."

홍칠개는 팽혁빈의 앞에 있는 음식을 가리켰다.

팽혁빈은 황당하다는 듯 홍칠개가 가리킨 음식 그릇을 바라봤다.

홍칠개가 팽혁빈의 앞에 있는 모든 그릇을 깡그리 비웠기 때문이다.

그때부터였다.

눈치를 보던 사람들은 눈에 보이지도 않게끔 빠르게 젓가락으로 음식을 쓸어 담기 시작했다.

그중 승자는 홍칠개였다.

홍칠개는 구걸십팔보를 펼치며 탁자 주변을 돌기 시작했다.

실로 놀라운 경공술이었다.

좁은 공간에서도 누구와도 부딪히지 않고 누구의 젓가락보다 더 빨리 음식을 쓸어 담았다.

다른 이들이 음식을 이제 겨우 먹으려고 할 때, 홍칠개는 전체 음식 중 반이 넘는 음식을 모조리 쓸어 담아 목구멍으로 넘긴 후였다.

그러고는 젓가락을 놓았다.

탁.

"아무래도 내 너무 무리한 것 같군. 이제는 그만 먹어야겠어. 남은 음식은 자네들끼리 먹어야겠네. 어서 들게."

홍칠개는 빈 접시를 가리키며 엷게 웃었다.

나머지 인물들도 홍칠개를 따라 먹기는 했지만, 양을 채우기에는 부족했다.

황보만청이 입맛을 다시며 입을 열었다.

"쩝. 구걸십팔보를 왜 여기에 써먹는다는 말입니까? 너무합니다."

"허, 먹는 데는 개방을 못 따라가겠습니다."

악소천도 불평을 늘어놓았다.

그들은 닭 쫓던 개 지붕 쳐다보듯이 아쉽게 빈 접시를 바라봤다.

그때였다.

어디선가 청아한 향기가 풍겨 왔다.

일행은 동시에 고개를 돌렸다.

일꾼들은 양손에 접시를 들고 그들을 향해 오고 있었다.

만찬의 시작은 지금부터였던 것이다.

지금까지는 비교할 수 없는 요리들이 줄을 이었다.

해육연화(海肉蓮花)의 경우, 영단산 위에서 구하기 힘든 바닷가재 요리로, 가재의 껍질을 연꽃처럼 장식하고 안에는 살을 넣어 찐 요리였다.

거기에 사천의 요리인 매채구육(梅菜拘肉)이 김을 모락모락 내고 있었다.

매채구육은 돼지고기의 삼겹살을 이용한 요리지만, 매콤한 양념은 사천에서 직접 가져온 특산품이었다.

그것을 보고 있던 홍칠개는 젓가락을 들어다 놨다를 반복했다.

먹고는 싶었지만, 배가 가득 찬 것이다.

그 모습에 황보만청이 말했다.

"내공으로 술기운은 몰아낼 수 있어도 소화까지 빨리 시킬 수는 없는 법이지요."

그 말에 홍칠개는 아무 말도 못 하고 울상이 되었다.

하지만 여전히 젓가락을 들지 않고 있는 인물이 있었으니, 바로 팽혁빈이었다.

홍칠개는 팽혁빈에게 말했다.

"왜 그러나?"

뭔가 생각하다가 깨어난 팽혁빈이 고개를 저었다.

"아무것도 아닙니다."

"혹시 오호단문도 때문에 그러는가?"

"뭐, 그렇습니다. 아무리 생각해도 이게 뭔지 감도 잡히지 않는군요."

팽혁빈의 자신의 품을 가리켰다.

그것을 본 홍칠개가 눈을 가늘게 떴다.

"내가 도와줄 수 있는지 한번 볼 수 있겠는가?"

"음."

팽혁빈은 작게 침음을 흘렸다.

오호단문도라면 가문의 비급.

그런데 이게 오호단문도일 확률은 없었다.

게다가 상대는 한빈의 사부.

한빈에게 무공을 전수한 사부라고 생각하면 혼원벽력도도 아니고 오호단문도 정도는 보여 줄 수 있는 일이었다.

거기에 자문을 구하는 일이었다.

이게 한빈의 말대로 혼원벽력도의 부족한 부분을 메워 줄 오호단문도라면?

반드시 무가지회에 도착하기 전에 자신의 것으로 만들어야 했다.

이번 무가지회에서는 십대세가 간의 이권이 비무로 정해질 가능성이 컸기 때문이다.

팽혁빈은 한빈의 말이 사실이길 빌었다.

하지만 아무리 봐도 이게 비급일 가능성은 없었다.

한참을 고민하던 팽혁빈이 품속에서 한빈이 전한 서찰을 꺼냈다.

"그럼 어르신, 한번 봐 주십시오."

"내 비밀은 꼭 지킬 테니 걱정 말게. 그럼 한번 보겠네."

홍칠개는 서찰을 한 장 한 장 꼼꼼히 봤다.

한참을 보던 홍칠개는 조용히 천장을 올려다봤다.

자신의 제자 한빈이 비범한 건 알고 있었다.

그런데 이건 비범의 정도를 넘어서 아예 단서조차 잡을 수 없게 만들어 놨다.

강호 물을 장강의 반 정도는 들이켰다 자부하는 홍칠개였다.

하지만 이런 암어는 본 적이 없었다.

"험."

홍칠개의 헛기침에 팽혁빈이 물었다.

"어찌 된 일입니까?"

"모르겠네, 모르겠어. 진짜 고얀 놈이네."

"어르신도 못 알아보시는군요."

"그놈은 묘하게 사람 고생시키는 재주가 있어."

그때였다.

식사를 마친 다른 고수들도 끼어들었다.

"저희도 한번 봐도 되겠습니까?"

"저도 도와드릴 수 있습니다."

황보만청과 악소천도 차례대로 고개를 내밀었다.

팽혁빈은 아무렇지도 않게 고개를 끄덕였다.

홍칠개가 못 풀었다고 한다면 누구도 풀지 못한다고 결론을 내린 것이다.

개방이 어떤 집단이던가?

중원의 정보가 모두 모이는 천하제일의 방파였다.

모든 정보를 거지의 입에서 입으로 전달할까?

개방은 자신들의 암어 체계를 갖추고 특급 정보에 대해서는 별도로 관리하는 집단이었다.

원로인 홍칠개라면 중원의 모든 암어를 알고 있는 자 중하나일 것이다.

그런데 홍칠개가 모른다?

이건 해석할 수 없다고 보면 되었다.

아니나 다를까?

연이어 한숨이 튀어나왔다.

"휴, 나는 포기일세."

악소천이 먼저 두 손을 들었다.

이어서 황보만청도 속이 울렁거리는지 가슴을 만지며 고개를 저었다.

"도저히 모르겠네. 바둑에 있어서는 스무 수 앞을 내다보는 나지만, 이건 한 글자도 못 알아보겠네."

모두가 넋이 나간 가운데, 뒤쪽에서 바라보던 광개도 고개를 흔들었다.

"저건 팽가 놈이 장난친 게 분명합니다."

"장난인지 진짜인지는 몰라도, 모용세가나 제갈세가의 수뇌가 와도 못 풀 게 분명하구나."

황보만청이 광개의 말을 받았다.

그 옆에 있던 이무명도 한숨을 내쉬었다.

"대체 이게 암어가 맞긴 맞습니까? 아무리 봐도 이해가 안 됩니다. 대체 주군은 왜 이런 암어를 보내셔……."

그때 악소천이 고개를 갸웃하며 말했다.

"우리 중에 시도조차 하지 않은 사람이 있지 않소?"

"그게 누군가?"

황보만청이 고개를 갸웃했다.

나머지 사람도 주변을 둘러보며 그 사람을 찾아보았다.

하지만 누구라고 말하는 이는 아무도 없었다.

그때 악소천이 말을 이었다.

"하북팽가의 집법당주요."

"어, 그러고 보니……."

황보만청도 고개를 끄덕였다. 모두가 팽대위만은 까먹고 있었던 것이다.

모두의 시선이 모이자 팽대위는 술잔을 잡은 채 고개를 갸웃했다.

정신없이 술을 들이켜고 있었는데, 뭔가 따가운 시선이 느껴진 것이다.

"다들 왜 그러십니까?"

"자네가 이걸 해석해 보게."

황보만청이 탁자 위에 있는 서찰을 가리켰다.

팽대위가 얼떨떨한 표정으로 답했다.

"저는 암어를 해독하는 취미는 없습니다."

말을 마친 팽대위는 술잔에 술을 부었다.

쪼르륵.

너무나 확고한 거절의 표시였다.

뭐, 팽대위도 궁금하지 않은 것은 아니었다.

한빈에게 오호단문도에 대해 듣긴 했었다.

그런데 자신이 암어를 어떻게 해석한단 말인가?

가문에서도 서류 하나 검토하는 데 반나절이 걸리던 그였다.

문서라면 '문' 자만 들어도 치가 떨렸다.

그런데 암어를 해석하라고?

아마 저 서찰을 보고 나면 이제까지 먹은 좋은 음식을 다 토할 수도 있었다.

그만큼 문자에 대한 그의 울렁증은 심각했다.

그가 글자를 깨친 것도 어찌 보면 대단한 일이었다.

팽대위의 사정을 아는 팽혁빈이 다급히 나섰다.

"저희 숙부님은 문서를 극도로 싫어하십니다."

"그래도 한 번은 확인해 봐야 하지 않겠나?"

황보만청이 끈질기게 재촉했다.

옆에서 보다 못한 악소천이 자신이 들고 있던 창을 바닥에 찍었다.

쿵!

난데없는 상황에 모두가 눈을 크게 떴다.

그때 악소천이 말을 이었다.

"내 도저히 못 참겠네. 이걸 푸는 자가 있다면 내 애병인 현철창을 주겠네."

"나도 내 구면검, 아니 이건 새로 맞춘 거니……."

지지 않겠다고 받아치던 황보만청이 말끝을 흐렸다.

구면검은 한빈의 도움으로 얻은 설계도로 새로 맞춘 것이었다.

아직 손에 익지도 않았는데 가문의 비기가 섞인 검을 넘길 수는 없는 일이었다.

잠시 멈칫하던 황보만청이 전에 쓰던 애병을 떠올리고는

말을 이었다.

"나는 내 애병인 한철검을 걸겠네."

둘이 자신의 애병을 걸자 분위기는 한껏 달아올랐다.

옆에 있던 광개가 고개를 갸웃하며 말했다.

"저는 뭘 걸깝죠? 어르신들."

그의 말에 홍칠개가 광개의 뒤통수를 쳤다.

빡.

"왜 때리십니까? 어르신!"

"이놈아, 거지가 걸긴 뭘 걸어? 걸 게 있으면 그게 거지야?"

"너무하십니다."

"그냥 동냥 그릇이나 걸어라, 이놈아."

홍칠개가 황당하다는 듯 광개를 바라봤다.

광개가 씩 웃으며 자신의 동냥 그릇을 올려놨다.

탁.

그러고는 당당히 말했다.

"저는 동냥 그릇을 걸겠습니다."

팽대위도 자신의 도를 올려놨다.

"해석은 못 해도 저도 애병을 걸지요."

탁.

후끈 달아오른 분위기 속에서, 사람들은 서로의 눈을 바라봤다.

그러고는 고개를 천천히 저었다.

아무리 생각해도 이 중에는 풀 수 있는 자가 없는 것이다.

그때 뒤쪽에서 웃음소리가 들려왔다.

"나도 참가해도 되나? 호호."

"할망구 왔구먼. 해석하고 싶으면 와서 뭘 걸든지."

"이 늙은이, 한 번만 더 할망구라고 하면 반드시 검을……."

"진정하고 일단 그 검부터 걸고 앉아."

"그, 그럼 나도 일단 내 애병을 걸겠네."

탁자 위에 검을 올려놓은 독고련이 서찰을 바라봤다.

그것도 잠시 눈썹을 꿈틀댔다.

"이걸 해석하라고 보냈다고? 대체 누가……."

"내 제자가 보내기는 했지만, 누구도 풀지 못해서 이렇게 내기가 붙은 거지."

"내기의 승자는 없겠군."

"딱 한 명만 빼고 다 풀어 봤지."

"그 한 명이 누군가?"

독고련이 고개를 갸웃하자 모두의 시선이 다시 팽대위에게 모였다.

그때 팽혁빈이 재빨리 팽대위를 가렸다.

"그건 제 생각에 무리……."

중간에서 말리던 팽혁빈이 눈을 크게 떴다.

팽대위가 서찰이 있는 쪽으로 다가왔기 때문이다.

서찰이 있는 곳으로 다가온 팽대위가 말했다.

"다들 비켜 보시죠."

"진짜 보시려고 그러시는 건……."

"대충 보고 못 풀겠다고 하면 더는 괴롭히지 않을 것이 아니냐?"

팽대위의 말에 모두는 천장을 올려다봤다.

자신도 못 풀었는데 팽대위가 포기한다고 해서 다그칠 수는 없는 일이었다.

모두가 물러나자 팽대위가 시큰둥한 표정으로 자리에 앉았다.

팽대위는 성의 없이 서찰을 한 장 한 장 넘기기 시작했다.

남들처럼 서찰에 집중하지도 않았고 귀찮다는 듯 서찰을 휙휙 넘겼다.

노고수들은 웅성대기 시작했다.

"성의가 없구먼."

"그러게 말이야. 해독하는 척이라도 해야지, 저게 대체 뭔가?"

"에이, 바랄 걸 바라야지. 우리도 못 풀었는데 팽가의 집법 당주가 어떻게 풀어?"

그때였다.

이상한 일이 일어났다.

서찰을 끝까지 넘긴 팽대위가 서찰을 반대로 다시 넘기기 시작한 것이다.

획. 획.

그 속도로 봐서는 글자도 보지 않고 넘기는 것이 분명했다.

그 속도는 점점 빨라졌다.

다음 권으로 이어집니다

武神還生

윤신현 신무협 장편소설
무인환생

끝나지 않는 환생의 굴레
이번엔 마지막 여정이 될 수 있을까?

죽으면 새로운 육체로 다시 시작되는 삶!
천하제일인? 무림황제?
무인으로서 할 수 있는 건 다 해 봤건만……

"또야? 또냐고!"
"대체 왜 자꾸 환생하는 거야!"

어떤 삶도 대충 살았던 적은 없다
오로지 나를 위해 살아왔지만
이번엔 다른 이들과 함께 살아가 볼까?

수백 번의 환생 경험치로
절대자의 편안한(?) 무림 생활이 펼쳐진다!

악가의 무신

서준백 신무협 장편소설

『빙의검신』의 작가 '서준백'
그가 써 내려가는 진정한 협의 기치!

정파의 거두 태양무신이 목숨을 바쳐 지켜 낸 강호
하지만 그가 남긴 유산들로 인해
무림은 다시금 혼란에 빠지는데……

태양무신의 유산을 완성하는 자,
천하를 오시하리라.

혈란이 종결되고 17년 후,
신의가 사라진 무림 한구석

"……망할 개잡놈들!"

태양무신 천휘성,
산동악가의 장손 악운으로 눈뜨다!

태양무신의 유산을 회수하여
야망에 물든 자들의 시대를 끝장내라!

꿈의 도약, 로크에서 하십시오
(주)로크미디어에서 신인 작가를 모십니다

즐거운 세상, 로크미디어는 꿈을 사랑하고 도전을 두려워하지 않는 작가 분들의 참신한 작품을 기다리고 있습니다. 21세기 장르 문학계를 이끌어 갈 차세대 선두 주자 (주)로크미디어에서 여러분의 나래를 활짝 펴 보시길 바랍니다.

모집 분야 판타지와 무협을 포함한 장르 문학
모집 대상 아마추어 작가, 인터넷 작가
모집 기한 수시 모집

작품 접수 시 유의 사항

1. 파일명은 작가명_작품명.hwp형식을 갖춰 주십시오.
1. 파일에 들어갈 내용은 다음과 같습니다.
   - 성명(필명인 경우 실명을 밝혀 주세요), 연락처, 이메일 주소
   - 제목, 기획 의도
   - A4용지 1장 분량의 등장인물 소개
   - A4용지 2장 분량의 전체 줄거리
   - 본문
1. 작품이 인터넷에 연재되고 있다면, 게시판명과 사이트의 구체적이고 정확한 주소를 기재해 주십시오.

선택된 작품은 정식 계약 후 출판물로 간행되어 전국 서점에 유통됩니다.
작가 분은 (주)로크미디어의 전폭적인 지원하에 전속 작가로 활동하시게 됩니다.
※ 자세한 내용은 로크미디어 홈페이지(rokmedia.com)를 참조하세요.

(04167)서울시 마포구 마포대로 45 일진빌딩 6층
(주)로크미디어 편집부 신간 기획 담당자 앞
전화 : 02) 3273 - 5135
www.rokmedia.com 　 이메일 : rokmedia@empas.com

우리 교황님 좀 말려주세요

판미손 퓨전 판타지 장편소설

비정상 교황님의
듣도 보도 못한 전도(물리) 프로젝트!

이세계의 신에게 강제로 납치(?)당한 김시우
차원 '에덴'에서 10년간 온갖 고생은 다 하고
겨우 교황이 되어 고향으로 귀환했건만……

경고! 90일 이내 목표 신도 숫자를 달성하지 못할 시
당신의 시스템이 초기화됩니다!

퀘스트를 달성하지 못하면 능력치가 도로 0이 된다고?
그 개고생, 두 번은 못 하지!

"좋은 말씀 전하러 왔습니다, 형제님^^"

※주의※ 사이비 아닙니다, 오해하지 마세요!